후후, 완전 멋있지?

서, 설마 그 주렁주렁 달고 있는
반지며, 목걸이가 전부……
봉인구인가요?

성스러운 기사의
암흑도

**세인
포스티스**

모종의 이유로 암흑기사를 목표로
하게 된 세인이 정체를 숨기기 위해
위장한 모습. 주렁주렁 달고 있는
장식은 전부 봉인구. 본인은 중2
병을 자처하고 있는데…?

**알리시아
레미아**

빛 속성 일족으로 태어났음에도 빛의
마법이 전부 불의 마법으로 변해버리는
특이체질의 소유자. 이러한 콤플
렉스로 고민하던 도중 세인과
만나게 된다.

세인 포스

세상을 다스리는 여신에게 성기사로
선택받은 소년. 빛 속성 마법에 능할
뿐 아니라 우수한 실력을 지닌
전사이기도 하다.

메리아

세인의 전속 메이드. 모든 속성의
마법 적성을 지닌 우수한 마법사.
세인을 성기사로 만든 여신에게
질투심을 불태우기도?

"이것이 성흔(聖痕)……
왜 하필 이런 곳에 새겼대?"

세인이 눈짓을 하자 메리아는
스커트를 들춰 보였다.
허벅지에 방패와 단검을 겹친
문양이 새겨져 있었다.
알리시아는 그걸
진지한 표정으로 관찰했다.

Holy knight's Dark road
Yusaku Sakaishi
Ill.Heiro

성스러운 기사의

암흑로

카이시 유사쿠

일러스트 헤이로

커버 그림, 본문 일러스트 | **헤이로**

목 차

프롤로그

"저의 기사가 되어 주시지 않겠어요?"

그 말을 들은 것이 다섯 살 무렵이건만, 기억은 놀랍도록 선명했다.

눈앞이 갑자기 새하얗게 물드는가 싶더니 어느덧 소년의 눈앞에는 아름다운 여성이 서 있었다. 그 여성이 소년에게 손을 내밀며 말했다.

당시 소년은 기사가 어떤 존재인지도 잘 모르고 있었다. 그런데도 소년이 고개를 끄덕인 것은 눈앞의 여성이 너무나도 서글픈 표정을 짓고 있었기 때문이다. 소년은 그녀를 슬프게 만들고 싶지 않다는 생각에 제안을 받아들였다.

"앗, 아앗?! 뭐, 뭘 하는 거니, 세인?!"

소년이 기사가 되고 일 년이 지났을 무렵.

"뭐긴, 마물 퇴치 중인데⋯⋯."

"마물 퇴치?! 세, 세인한테는 아직 일러! 그런 건, 저기, 좀 더 어른이 된 다음에 해도 괜찮아!"

"하지만 다들 마물 때문에 곤란해하는걸. 남들보다 강하니까 내가 퇴치해야지."

소년은 기사의 힘을 발휘해 여러 사람을 도와주었다. 그녀에게 받은 힘으로 누군가를 돕는다는 것은 소년에게 무척 자랑스러운 일이었다.

다만, 정작 그녀는 굉장히 걱정이 많은 성격이었다. 어쩌면 소년의 어머니보다도 더 소년을 걱정하고 있는 것이 아닐까 싶을 정도였다. 하지만 소년은 이를 불편하게 생각한 적은 없었다. 그녀는 무척이나 상냥했다. 그녀의 한마디, 한마디에서는 따스한 온기가 흘러넘쳤다.

"세인, 뭘 먹고 있는 거야?"

"엄마가 만들어 준 과자요. 여신님도 먹을래요?"

"나는…… 먹을 수 없으니 사양할래. 마음만 받아 둘게."

"그런가요. ……아쉽네요."

기사가 되고 3년이 지났을 무렵.

소년은 자신이 성기사라는 것과 자신을 기사로 택한 게 여신이라는 사실을 알게 되었다. 처음에는 놀랐지만, 그뿐이었다. 소년은 성기사가 아니더라도 남을 도왔을 것이며, 그녀가 여신이 아니더라도 터놓고 지냈으리라 생각했다. 그렇기에 소년은 그 이후에도 예전과 다름없는 나날을 보냈다.

소년의 성실하고 사람 좋은 성격은 어느덧 온 나라로 전파되었다. 문득 정신을 차렸을 때 소년은 사람들의 성원을 받고 있었다. 사람들의 사랑 속에서 소년은 언제나 미소짓고 있었다.

그 모습을, 여신은 선망의 눈으로 바라보았다.

소년은 그런 여신의 시선을 깨닫고 있었다.

"세인은 정말 굉장하구나. 세인이라면 분명 누구보다도 훌륭한 성기사가 될 수 있을 거야."

"그렇지 않아요."

여신은 곧잘 소년을 칭찬했다. 하지만 소년은 그것을 곧이곧대로 받아들이지 않았다.

소년이 지금껏 끊임없이 누군가를 구해 온 것은 그렇게 함으로써 여신이 기뻐하기 때문이었다. 하지만 소년은 누군가를 구하는 것만으로는 그녀가 구원받을 수 없다는 사실을 깨달았다.

소년이 진정으로 구하고 싶은 것은 다른 누구도 아닌 그녀 단 한 사람이었다.

"세인은 뭔가 소원 같은 거 없니?"

어느 날. 여신이 소년에게 물었다.

"딱히 생각나는 건 없는데요. 그러는 여신님은요?"

"나? 나는, 글쎄……."

기나긴 침묵 끝에 여신은 말했다.

"나는……."

나지막한 대답을 들은 소년은 자신이 무엇을 해야 할지 깨달았다.

제1장 칠흑의 전학생

〈오늘의 칼럼 : 성기사의 기도〉

며칠 전, 포스 저택의 정원에서 양에게 기도를 바치는 세인 님의 모습을 발견했다. 다들 아시다시피 포스 가문의 장남인 세인 님은 세상에서 유일하게 성기사로 선택받은 위대한 인물이다.

눈부신 광휘는 신의 총애. 등지고 있는 십자가는 정의의 상징. 여신의 가호를 한몸에 받는 것이 허락된 유일무이한 존재. 그것이 성기사다. 열둘이라는 어린 나이에도 불구하고 그 실력은 무서울 정도다. 지난달 개최된, 국내 최고의 전사를 가리는 대회 '라우라 그랑프리'에서 우승을 거머쥐던 세인 님의 모습은 여러분의 기억에도 선명히 남아있으리라.

그러한 성기사 세인 님의 기도는 지켜보는 사람들에게 안식을 가져다주기로 이전부터 평판이 좋았으나, 아무래도 그 효과는 인간을 넘어서 양들에게도 나타나는 듯하다.

세인 님의 기도를 들은 양들은 나뭇잎 사이로 내리쬐는 햇살을 받으며 편안한 잠에 빠져 있었다.

(사진1 : 기도를 바치는 세인 님과 얌전히 잠든 양 떼)

취재에 협력해 준 전속 메이드의 이야기에 따르면 세인

님은 최근 사육하고 있는 동물들을 돌보는 데 애쓰고 계신 듯하다. 인간뿐만이 아니라 세상에 존재하는 온갖 생명에게 자비를 베푸는 세인 님의 모습은 과연 신께서 인정하신 기사라 할 만하다.

세인 님은 예로부터 여신 비시테리아를 섬겨 온 우리 라이트릿지 성왕국의 국보라 말해도 과언이 아니다.

세인 님이 계신 이상 왕국은 평화로우리라.

결국, 필자의 모습을 알아차리셨는지 세인 님은 마법으로 모습을 감추고 말았다. 성기사로 임명된 지도 어언 7년. 세인 님의 성기사로서의 성장은 괄목할 만했지만 아무래도 낯을 가리는 성격만큼은 여전히 고쳐지지 않으신 듯하다.

(사진2 : 세인 님이 사라지자 놀라는 양들)

필자는 두 손을 모아 기도했다. 신의 총애를 받은 성기사가 이 나라를 좋은 방향으로 이끌어 주시기를 바라면서…….

◆ ◆ ◆

"으갸아아아아악!"

들고 있던 신문을 찢어발긴 소년은 주위의 시선에도 아랑곳하지 않고 커다란 괴성을 내질렀다. 눈썹까지 내려오는 검은 머리카락과 그 사이사이로 엿보이는 푸른 눈. 라이트릿지 성왕국에서 타국으로 향하는 이 배 안에 그와 비슷한 용모를 지닌 승객은 드물었다.

　찬란한 태양 빛이 내리쬐는 갑판 위에 있음에도 불구하고 소년은 숨 막히는 새까만 외투를 몸에 두르고 있었다. 덧붙여 손가락과 목에는 큼지막한 액세서리들을 주렁주렁 달고 있다.

　소년 정도는 아니지만, 그 옆에 다소곳이 서 있는 작은 키의 소녀 또한 독특한 외견을 지니고 있었다.

　소녀도 소년과 마찬가지로 근방에서는 보기 힘든 흑발의 소유자였다. 청초한 생김새와는 달리 펑퍼짐한 의상을 입고 있었다. 흰색과 남색 천에 프릴을 덧댄, 소위 말하는 메이드복이다. 머리카락은 어깨까지 내려오는 단발이었는데, 정성을 들여 관리했는지 비단결처럼 윤기를 머금고 있었다.

　"그건! 양을! 제물로! 삼으려 했을 뿐이라고!"

　"그러게 말이에요, 세인 님."

　"크오오오옷! 닭살 돋아, 닭살 돋아, 닭살 돋아!"

　신문을 갈가리 찢어버린 소년, 세인은 두툼한 은색 반지를 낀 손을 휘두르며 광란했다. 한편 그의 종자인 메리아는 대수롭지 않은 말투로 덧붙였다.

　"심지어 마지막에는 실패했고 말이죠."

　"으, 으윽. 한 끗 차이였다. 조금만 더 하면 내 눈앞에는 위대한 악마가……."

"대체 뭘 어떻게 하면 양을 악마로 변화시키는 마법을 외웠는데 마법을 외운 본인이 양으로 변하게 되는 건가요?"

"모, 몰라! 내가 묻고 싶어! 순서는 완벽했는데!"

"찾느라 무척 고생했다고요. ……그나저나 여기 두 번째 사진에 찍힌 양 말인데요, 변신한 세인 님이 아닌지…….."

"우와아아아아! 이딴 건, 이렇게 해 주마! 이렇게!"

메리아가 발밑에 떨어진 신문 조각을 집어 들어 내밀자 세인은 괴성을 내질렀다. 종잇조각을 뺏어 든 그는 그것을 더욱더 잘게 찢어버린 다음 바다에 내던졌다.

"제, 젠장. 기껏 새로운 출발이건만……. 기분을 망치는 데도 정도가 있지."

문득 정신을 차리자, 세인과 메리아 주변에서 승객들이 자취를 감추었다. 아니, 자취를 감췄다기보다는 멀리 떨어져 있었다. 완전히 피하는 눈치였다. 싸늘한 시선에 뒤늦게 평정을 되찾은 세인은 어흠, 하고 기침 소리를 내어 억지로 분위기를 바꾸려 했다.

"뭐, 됐어. 이제 이런 나날과도 안녕이다."

세인은 거친 호흡을 진정시키며 갑판 주위로 펼쳐진 바다를 바라보았다.

저 멀리 떨어진 수평선 너머에는 두 사람이 목표로 하는 대륙이 있으리라.

"돌이켜 보면 길었지. ……하지만 나는, 마침내! 아버지를 설득하는 데 성공했다!"

"네, 잠시 회상이 있겠습니다."

메리아가 영문 모를 말을 내뱉는 가운데, 세인은 지난주의 기억을 떠올렸다.

세인의 친족인 포스 가문은 굳이 말하자면 보수적인 가풍을 지니고 있었다. 한때는 상류계급이었다는 모양이지만, 현재는 소박한 중류계급에 속했다.

포스 가문의 초대 당주는 당시의 국왕과 사이가 좋았다고 한다. 당주가 정무에 이바지했다고 남아있는 기록은 없지만, 그 인맥은 몰락한 지금까지도 건재했다. 초대 당주는 무거운 직함이 부담스러워 가능한 권력과 떨어져 생활하기를 원했다고 한다. 하지만 국왕과의 관계가 줄줄이 다른 상류계급과의 관계를 낳는 바람에 결국 몇 세대 동안은 귀족인 채로 지내야 했다. 현재에 이르러 간신히 조용한 생활을 보낼 수 있게 되었지만, 때로는 예로부터 이어져 내려온 인맥이 요구되는 사안을 도맡아 해결하기도 했다. 이 때문에 일부 관계자들은 포스 가문을 '영지 없는 귀족'이라고 친밀감을 담아 부르고 있다.

그런 포스 가문에서 세인은 장남이자 외동아들. 즉, 차기 당주였다. 포스 가문의 당주 자리를 잇기 위해서는 인맥을 계승하는 절차가 필요했다. 따라서 원래대로라면 계승 절차에 접어들 열두 살의 세인에게 타국 장기체재는 불가능한 일이었다.

하지만 세인에게는 한 가지 꿈이 있었다. 그리고 모국에서는 그 꿈을 이룰 수 없었다.

모든 것은 자신의 소망을 이루기 위해. 세인은 결심을 굳히고 아버지와의 상담에 나섰다.

"오오, 세인! 이 얼마나 용맹한 사내란 말이냐!"

문에 노크하고 아버지의 서재로 들어간 직후. 아버지가 호쾌한 미소와 함께 말했다.

"세상 모든 이들이 부러워하는 성기사의 힘. 그것을 거머쥐고도 너는 더욱더 큰 시련을 바란다는 말인가! 그 향상심, 실로 훌륭하도다!"

"아버지."

아버지는 자신을 부르는 세인을 무시하고 계속 말했다.

"돌이켜 보면 너는 항상 겸허했지. 그토록 많은 칭찬을 듣고도, 그토록 많은 승리를 쟁취하고도 단련을 게을리하지 않았다. 성기사가 되어서도 그 향상심은 잠잠해질 줄 모르는구나! 이번에 너는 타국으로 건너가 자신을 갈고닦을 생각이렸다!"

"아버지. 저는 아직 아무 말도 안 했어요."

"아무 말 말아라! 나는 다 안단다! 다른 나라에 머물겠다는 건 이곳과 다른 환경에서 견문을 넓히기 위함이겠지?! 그 높은 곳을 우러러보는 자세, 아버지인 나조차 감복했다!"

포스 가문이라면 걱정하지 마라! 내가 어떻게든 해 보이마!"

"아버지, 제가 목표로 하는 높은 곳과 아버지가 상상하시는 높은 곳은 아마도 멀리 떨어져 있을 거예요."

세인과 그의 아버지의 대화는 항상 엇나가기로 유명했다.

"목적지는…… 호오! 로우리바니아 왕국! 왕도 라스카스에 있는 제니퍼 왕립 마법 학교에 다닐 생각인가! 그곳은 실력주의라 졸업할 때까지 많은 학생이 퇴학을 당한다는 소문을 들었다. 일부러 그곳을 고르다니, 역시 향상심의 결정체! 하지만 역시 좀 불안하니 내가 교장에게 편지 한 통 넣어두도록 하마! 어허, 이래 봬도 나와 교장은 면식이 있는 사이다! 분명 편의를 봐줄 것이야! 기뻐하거라, 이제 세인은 졸업할 때까지 마음 푹 놓아도 된단다!"

"아버지, 진정하세요. 그런 짓을 하셨다가는 제 학교생활은 끝장이에요."

그렇게 대놓고 편애를 받다가는 학급 친구들이 무슨 눈으로 쳐다볼지 모른다. 상상조차 하고 싶지 않았다.

"그보다 어떻게 제 목적지를 알고 계신 거죠. 저는 아버지한테 그 사실을 전하기 위해 여기로 찾아온 겁니다만."

"메리아가 가르쳐 주었다."

"괜한 짓을……."

아버지의 손 언저리에는 세인이 준비 중이던 로우리바니아 왕국행 승선권과 입학 서류가 마련되어 있었다. 여전히 일 처리가 빨랐다. 하지만 괜한 짓이라는 사실에는 변함이 없었다. 세인이 오늘 아버지 앞으로 찾아오지 않았더라면 지금쯤 아버지는 정말로 교장에게 편지를 넣었으리라.

그리하여, 세인은 모국 라이트릿지 성왕국을 떠나게 되었다.

딱히 고생이라 할 만한 일은 없었다. 기억을 떠올린 세인은 벌레라도 씹은 것처럼 얼굴을 찌푸렸다.

"회상 끝났습니다."

"너는 아까부터 무슨 소리를 하는 거냐."

어딘가를 향해 말을 건네는 메리아에게 세인이 딴죽을 걸었다.

사실 세인은 친아버지와 큰소리로 대판 말싸움을 한 끝에 여행을 떠나라고 인정받는 드라마틱한 전개를 바라고 있었다. 하지만 실제로는 정반대에 가까운 전개를 맞이해 세인으로서는 약간 불만스러운 출발이 되고 말았다.

"어찌 됐든 내 눈앞에는 지금 이렇게 새로운 길이 펼쳐져 있다. ……후, 후훗. 기다려라. 새로운 대지여. 그리고 다가올 날을 두려워하며 몸서리쳐라! 이 몸의 야망이 이뤄질 날이 머지않았다!"

세인은 검은 외투를 휘날리며 왼손을 앞으로 내밀고, 오른손으로 얼굴을 짚었다.

"그래! 나는…… 암흑기사가 되겠어!"

가슴을 활짝 펴고 다시금 결의하는 세인.

암흑기사. 그것은 성기사와 마찬가지로 신의 가호를 얻은 유일무이한 기사를 일컫는다. 성기사와 암흑기사는 대립하는 존재다. 성기사가 여신의 가호를 받는다면, 암흑기사는 남신(男神)의 가호를 받는다. 성기사가 빛의 힘을 다루는 기사라면 암흑기사는 어둠의 힘을 다룬다. 세인은 암흑기사를 몹시 동경하고 있었다.

광대한 바다를 바라보며 자신의 선언을 음미하는 세인.

그 모습을 메리아는 무심한 눈으로 쳐다보았다.

"정원 가꾸기가 취미인 사람의 대사 같지는 않네요."

"정원을 가꾸는 게 뭐가 어때서!"

최근에는 과일 재배에 푹 빠져 있었다.

로우리바니아 왕국의 항구마을에 도착한 세인은 곧장 왕도 라스카스로 향하기 위한 준비에 접어들었다. 이 항구마을은 왕도와 가까워 발전한 곳이었는데, 특히 교통의 요충지로서는 세계에서 손꼽는 규모를 자랑했다. 마차(馬車)는 물론이고, 말 대신 마물을 이용한 마차(魔車), 마물 중에서도 용을 활용한 용차 등 온갖 종류의 이동수단이 있었다. 어딘가로 떠나는 사람의 대부분은 이곳을 거쳐 목적지로 향한다.

"아직 아침이군. ……오늘 일정은 대충 어떻지?"

"중요한 건 오후에 학교에서 하는 능력측정이 전부네요. 그리고 되도록 오늘 중에 교장 선생님께 받은 의뢰를 해결해 두는 편이 좋지 않을까 싶어요."

"흠. 조금 이르지만 예약해 둔 마차에 오르기로 할까."

학교 입학식은 내일이다. 오늘 하는 건 능력측정이라 불리는 행사였다. 그 이름처럼 다양한 방법을 통해 학생들의 능력을 측정하는 행사로, 이 결과를 토대로 반이 결정된다. 측정은 마력측정, 체력측정 순으로 진행되며, 마지막으로 면담을 치르게 되어 있다.

세인과 메리아는 마차 대여소를 방문해 점장이 있는 카운터 앞에 섰다.

"실례. 마차를 한 대 예약해 두었는데."

의자에 앉아있던 마른 체형의 남자 점장은 세인의 기묘한 복장을 보고 한순간 눈을 부릅떴다. 하지만 곧 침착함을 되찾고는 카운터 뒤쪽에서 예약 명부 책자를 꺼내 들었다.

"여기 있네. 이름은?"

"나는 세인. 그리고 이쪽이 메리…… 어이쿠."

이름을 부르려던 세인은 도중에 입을 닫았다.

"메리아예요."

세인이 입을 닫는 것과 동시에 메리아가 자신의 이름을 댔다. 점장이 예약 명부를 획획 넘기며 확인하고 있는 사이, 메리아는 세인을 물끄러미 바라보며 귓속말로 말했다.

"세인 님. 지금 살짝 위험했어요."

"그, 그래. 미안하다, 메이드여."

꿈을 향한 첫걸음을 내디뎠다는 사실에 긴장이 풀렸던 것이리라. 세인이 사과했다.

"그럼 입구에서 기다려 주게나. 금방 준비하지. ……그나저나 자네, 차림새 한번 엄청나구먼. 처음 봤을 때는 웬 변태인가 싶더라니까."

"벼벼벼, 변태?! 큭, 이, 이 위험천만한 장비의 매력을 알아보지 못하다니. 너, 너도 꽤 불쌍한 녀석이구나. 하하, 하하핫. 동정해 주마……."

"어제 밤을 새워가면서 만든 코트인데. 안타깝게 됐네요, 세인 님."

"이 메이드가! 그 말은 하지 마!"

울먹이는 세인에게 메리아의 신랄한 한마디가 작렬했다.

점장에게 간단한 작별인사를 건넨 뒤 입구에서 기다리고 있자니, 한 대의 마차가 다가왔다. 마차를 끌고 있는 것은 거대한 늑대 모습의 마물이었다. 말보다 다릿심이 좋아 어지간한 험로는 무리 없이 주파할 수 있었다. 길을 고를 필요가 없는 만큼 말보다 확실히 빠른 속도를 자랑했다.

"세인 님. 혹시나 해서 확인하는 건데…… 마력측정 준비는 제대로 하셨나요?"

마물의 발소리와 함께 흔들리는 차체 안에서 메리아가

물었다.

"준비? 아, 봉인구 말인가?"

"맞아요."

"차고 있잖아. 이렇게 잔뜩."

"……네?"

세인이 양팔을 벌리며 몸 구석구석을 메리아에게 숨김 없이 보여주었다.

메리아는 무심코 말문이 막히고 말았다.

"서, 설마 그 주렁주렁 달고 있는 반지며, 목걸이가 전부 봉인구인가요?"

"물론! 후후, 완전 멋있지?"

"그, 그게…… 백 보 양보해서 멋있다고 쳐도, 봉인구를 그렇게 겉으로 내놓고 다니면 위험하지 않을까 싶은데요……."

"안심해라. 전부 이 몸이 디자인한 특제품이니까. 겉으로만 봐서는 봉인구인지 알아채지 못할 테지. 내구성도 자신이 있어."

세인의 설명에도 메리아는 여전히 불안한 표정을 짓고 있었다. 하지만 자랑스레 액세서리를 뽐내는 세인의 모습에 메리아는 결국 한 수 접는 눈치였다.

"그건 그렇고, 걱정이네요. 세인 님은 그 모습으로 할 수 있는 게 있기는 한가요?"

"……너, 은근히 실례되는 말을 하는구나."

"하지만 왕도의 제니퍼 왕립 마법 학교는 실력주의로 유명한 곳이잖아요. 언젠가 반드시 위험한 상황이 닥칠 거예요. 그때 세인 님이 봉인구를 차고 있다면 과연 무사히 헤쳐나갈 수 있을까요?"

"뭐, 확실히 불안요소가 없지는 않지."

머나먼 고대 시대부터 인류는 마법이라는 힘을 기반으로 문명을 쌓아 올려 왔다. 마법은 인류의 생활을 풍요롭게 하기 위한 기술이기도 했지만, 동시에 인류를 위협하는 마물에 맞설 무기이기도 했다. 잘못된 사용이 위험으로 이어지는 것은 당연하다면 당연한 노릇이었다.

앞으로 마법을 배울 마법 학교의 학생들이라면 더더욱 그렇다. 힘에 취한 아이들이 주위의 피해를 고려치 않고 폭주하는 사건은 일일이 셀 수도 없을 정도다.

기술의 발전 때문에 마법을 이용한 범죄는 해마다 증가하고 있다. 그리고 이를 제압하기 위해서도 또한 마법이 이용된다. 마물 토벌과 치안 유지. 그러한 직업을 생업으로 삼으려는 학생들에게 있어 마법을 동반한 경쟁자들 간의 다툼은 일상다반사였다.

"하지만 준비는 완벽하다. 듣고 놀라도록. 나는 마침내…… 어둠의 마법을 하나 습득했다!"

"네? 거짓말이겠죠, 분명."

"하하하! 그렇게 생각하나? 그렇게 생각하겠지. 후훗.

허나 두 눈으로 똑똑히 보아라, 이 마법을! ……다르크!"

세인이 자신만만한 태도로 마법을 발동시켰다.

손바닥에 검은 입자가 모여들었다. 그것은 서서히 부풀어 올라 어둠의 파동을 자아내더니, 이윽고 칠흑의 탄환으로 변하……기 직전에 허무하게 흩어져 버렸다.

"아앗?!"

"순식간에 사라져 버렸네요. 심지어 다르크는 초급마법이잖아요."

"지, 지금 건 무효! 지금 건 무효다! 아, 아무리 나라도 초급마법 정도는 성공시킬 수 있다고!"

"확률이 얼마나 되는데요?"

"…………대, 대충 열 번에 여섯 번쯤."

"……그래서는 학교에서 괴롭힘을 당할걸요."

"아아아아, 그만둬! 대놓고 말하지 마! 살짝 걱정하고 있단 말이다!"

"중등부에 들어갈 사람이 초급마법도 못 쓴다니, 초등부만도 못해요, 그거……."

"으아아아아아아악! 안 들려! 아무 말도 안 들려!"

괴성을 내지르며 두 귀를 막는 세인.

떠드는 소리가 들렸는지 마부가 무슨 일인가 하고 뒤를 돌아보았다. 그러자 세인은 아무 일도 없다는 듯이 태연하게 행동했다. 하지만 메리아의 한마디는 마음속 깊숙이 박혀 있었다.

"………저기, 메이드여. 나는 괴롭힘을 당하게 될까?"

"오늘은 날씨가 참 좋네요."

"메이드여어!"

두 사람은 마부에게 대금을 내고 마물이 떠나가는 모습을 지켜보았다.

그리고 발걸음을 돌린 세인과 메리아는 눈앞에 우뚝 서 있는 거대한 건축물을 바라보았다.

"우리 저택의 두 배쯤 되려나."

"관리 상태는 저희 저택이 낫네요. 저쪽 창문을 보세요. 빼먹고 안 닦아 놨어요."

세인의 막연한 감상과는 반대로 메리아는 종자의 시점에서 눈앞의 경치를 평가하고 있었다.

제니퍼 왕립 마법 학교. 왕도 중앙에 떡하니 자리 잡은 이 학교는 로우리바니아 왕국 최대의 교육기관이었다. 하얀 성을 연상시키는 건물, 그리고 귀족의 정원에 뒤지지 않는 조경. 이처럼 기품이 흘러넘치는 광경이 있는가 하면 훼손된 땅이며, 너덜너덜한 기숙사, 수상쩍은 창고 등 다가가기 힘든 장소도 존재했다.

시설에 저런 격차가 있다는 것은 학생들의 대우에 차이가 존재한다는 뜻이리라. 실력이 낮은 자는 구석으로 쫓겨나

버린다는 모양이었다. 실력주의를 이렇게까지 철저히 관철하는 곳도 흔치는 않았다.

"이렇게 커다란 학교를 보는 건 처음이군."

"라이트릿지 성왕국의 경우 학교라기보다는 교회에 가까웠으니까요. 수업도 대부분 전도와 관련된 학문이라 각지를 전전해야 했고 말이죠……. 세인 님은 기사단에도 소속되어 있었으니 한곳에 차분히 머무르는 건 혹시 이번이 처음 아닌가요?"

"그렇군. 하지만 메이드여, 잊지 마라. 내가 이 학교에 온 것은 결코 휴식을 취하기 위해서가 아니야. ……마침내 그 나라로부터 달아난 것이다. 크큭! 나의 영혼이 기다리다 지쳐 울부짖고 있다. 굶주린 짐승으로 돌변하기 전에 어둠을…… 거대한 어둠을 손에 넣어야만 해……."

"네네. 그러시군요."

쓸데없는 대화를 나누면서 두 사람은 정문을 지나 교정 안으로 발을 들였다.

이윽고 교정을 오가는 학생들의 모습이 보였다. 개중에는 교과서가 든 종이봉투를 한 손에 들고 집으로 돌아가려는 자들도 있었다.

"능력측정이 벌써 시작된 모양이네요."

"뭐, 그건 언제 해도 늦지 않겠지. 우선은 교장의 의뢰부터 해결하자."

"알겠습니다."

"그건 그렇고, 교장 녀석. 설마 입학하기가 무섭게 의뢰를 해올 줄이야."

"그 대신에 여러모로 편의를 봐 준다고 하니 불평하지 말고 같이 힘내요."

교장은 세인의 정체를 알고 있었다.

세인의 정체는 함구령을 내리는 정도로는 얼버무리지 못할 만큼 커다란 것이다. 그래서 세인은 교장과 협력관계를 맺기로 했다. 교장은 가능한 한 세인의 정체를 은폐하기 위해 노력한다. 그 대신 세인은 교장의 의뢰를 가능한 한 해결해 준다.

이 협력관계에 불만은 없지만, 오늘은 입학식 전날이자, 능력측정 당일이다. 교내에는 다른 학생들이 돌아다니고 있었고, 따라서 의뢰를 해결하는 과정에서 세심한 주의를 기울일 필요가 있었다.

"여긴가?"

"그런가 보네요. 사전에 전달받은 모습과 일치해요."

장엄하게 생긴 문을 열고 거대한 원형의 공간 안으로 발을 들였다.

적어도 겉모습만으로는 용도를 이해할 수 없는 거대한 방이었다. 다만, 이 독특한 경관으로 미루어 짐작건대 뭔가가 있다는 사실은 분명했다. 천장에서는 이상한 빛이 숲

속의 햇살처럼 새어 들어오고 있었고, 지면은 부드러운 흙과 야트막한 풀들로 한가득 뒤덮여 있었다. 중앙에 형형색색의 꽃이 피어 있는가 하면 좌우로는 연못과 작은 바위도 보였다. 흰 벽이 없었다면 이곳에 실내라는 사실조차 잊어버릴 것만 같았다. 당연히 바람은 불고 있지 않았다.

방 중앙에는 꽃 외에도 천장까지 닿는 커다란 지팡이 모양의 기둥이 세워져 있었다.

세인과 메리아는 그 기둥처럼 생긴 물건으로 다가가며 주위를 둘러보았다.

"흠. 결계의 주된 효과는 관계자 외의 침입자 차단과 물리적, 정신적인 위협에 대한 방어인가. 최소한 열 명 이상의 고명한 빛의 마법사가 협력해서 만들어냈겠군……. 이만하면 훌륭해. 하지만 미세하게 허술한 점이 보이는걸. 겸사겸사 수복도 해 두자."

"저희가 사는 곳에 비하면 조그만 결계네요."

"포스 저택의 결계는 사람의 힘이 아니라 신의 힘으로 만들어진 거니까. ……뭐, 이곳의 결계도 앞으로 그렇게 되겠지만."

그렇게 말하며 세인은 하얀 기둥에 손을 얹었다.

지팡이처럼 생긴 기둥이라는 표현은 잘못된 것일지도 모른다. 이것은 의심의 여지 없는 지팡이였다. 마법의 촉매로 곧잘 이용되는 지팡이라는 도구는 마법의 효과를 증

폭하고 유지하며, 그 외에도 다양한 기능을 품고 있다. 눈앞의 지팡이는 학교의 결계를 반영구적으로 유지하기 위한 장치였다.

"메이드여, 준비해라."

"네에."

세인의 명령을 들은 메리아는 기둥을 에워싸듯 지면에 자그마한 보석을 두었다.

이 의식은 학교를 뒤덮는 결계의 강화 및 수복을 위한 과정이다. 침입자를 저지하는 이 거대한 결계는 학생증과 학생증에 등록된 본인이 한 세트가 아니면 들어올 수 없게 되어 있다.

결계의 역할은 외부와의 격리다. 따라서 결계의 강도(強度)라는 것은 한마디로 설명하기 어렵다. 통과하기 위한 규칙의 복잡성도, 효과의 범위도 강도에 포함된다. 다만, 이번에 세인이 강화를 부탁받은 부분은 단순히 결계의 방어력이었다. 때로 세상의 악인들은 결계를 힘으로 깨부수려 한다. 마치 신처럼 사람들을 선별해 들여보내는 결계도 결국에는 인간의 손으로 만든 것. 사람이 부수지 못한다는 법은 없다. 그런 사태를 막기 위해서는 순수하게 결계의 방어력을 올리는 것이 최고였다.

의식을 집중하자 주위의 정보가 머릿속으로 자세히 흘러들어왔다.

대부분의 결계는 빛 속성이다. 학교의 결계도 마찬가지로 빛 속성이었다. 학교 건물을 뒤덮는 신성한 기운도 이 결계가 발하는 것이다. 특히 근원지인 공간은 한층 더 강력한 빛의 파장에 휩싸여 있었다.

그것이 세인에게는 고통스러울 따름이었다.

"크윽……. 왜 바다를 건너와서까지 이런 장소에 발을 들여야 하냔 말이다……."

"기운 내세요. 얼마 전까지는 이게 일상다반사였잖아요. 앞으로는 이런 일도 줄어들 테니 조금만 더 참자고요."

평소의 팔팔한 모습은 온데간데없고, 세인의 표정은 완전히 침울해져 있었다.

그동안에도 메리아는 부지런히 보석을 바닥에 배치했다.

"세인 님이 전력을 냈더라면 이렇게 귀찮은 준비를 할 필요도 없었을 테지만요."

"으…… 미, 미안하다."

"농담이에요. 전력을 다하면 그 뒤가 큰일이니까 말이죠. 특히 머리카락 쪽이."

종자의 배려에 감사하면서 세인은 흔들리는 앞머리를 손끝으로 집어보았다. 검게 물들어 있는지 확인하기 위해서였다.

"끝났습니다."

메리아가 보석의 배치를 끝내고 곁으로 되돌아왔다. 세

인은 가볍게 숨을 토해낸 뒤, 거대한 기둥처럼 생긴 지팡이에 힘을 불어넣었다. 그러자 신의 가호가 지팡이로 흘러들어갔다. 지팡이 전체가 옅은 빛을 발하고, 그곳으로부터 흘러넘친 신성한 빛무리가 휘날리는 꽃잎처럼 실내 전역으로 퍼져나갔다.

"절묘한…… 좋아, 절묘한 배분으로……. 자, 잠깐 기다려라, 여신이여! 그렇게 분발할 필요 없어! 머리카락 색이 원래대로 돌아가지 않을 정도로만, 아주 조금만 힘을 발휘하면 되니까…… 으그극!"

힘을 쥐어 짜낸다기보다는 전력으로 억누르듯 임하는 세인. 한순간 세인의 검은 외투가 금빛을 발했지만 금세 원래대로 돌아갔다. 세인은 얼굴을 새빨갛게 물들이며 전신에서 흘러넘치는 금색의 기운을 억지로 집어넣으려 애썼다.

"……후우, 끝났군."

빛무리가 공간 안으로 스며드는 것을 확인한 세인은 지팡이에서 손을 뗐다.

"수고하셨어요. 꽤 애먹으셨네요. 여신님과 무슨 일 있었나요?"

"뭐, 그렇지……. 그 여자, 내가 다니는 학교라고 최상위 가호를 부여하려 하더군. 전에도 그랬다가 엄청난 문제를 일으켜 놨으면서. 질리지도 않고 또……."

"어머나, 사랑받고 있네요."

"걱정이 많은 것도 정도가 있지. 아직도 스친 상처 하나 가지고 허둥대는 여자다. 하여간, 언제까지 나를 꼬맹이 취급할 생각인지……."

구시렁구시렁 불평불만을 늘어놓는 세인이었지만 그의 입가에는 어렴풋이 미소가 걸려 있었다. 그 희미한 표정의 변화를 알아차린 메리아가 세인을 빤히 노려보았다.

"……기쁜 주제에."

"응? 방금 뭐라고 했어?"

"아무것도 아니에요."

퉁명스럽게 고개를 돌리는 메리아. 세인은 고개를 갸웃했다.

"그래서 결계는 어떤 식으로 강화하셨나요?"

"일단은 중위 가호를 부여해 뒀다. 좀 과했나 싶기도 하지만, 뭐, 괜찮겠지. 그리고 여차할 때를 대비해서 성수(聖獸)를 한 마리 배치했다."

"대출혈 서비스네요."

"몇 번이고 같은 부탁을 하면 귀찮아지니까. 이걸로 한동안은 조용하겠지."

적어도 졸업할 때까지는 유지될 것이라고 세인은 내다보았다.

"좋아! 용건은 끝났다! 당장 나가자고, 이딴 곳!"

"네에."

좌우지간, 이 빛으로 가득 찬 방에서 한시라도 빨리 떠나고 싶었다.

늘어지는 말투로 대답하는 메리아와 함께 세인은 방의 출구로 향했다.

"거기 침입자! 움직이지 마!"

고함이 들린 건 바로 그때였다.

목소리가 들려온 방향으로 시선을 돌리자 한 명의 소녀가 서 있었다. 이번 연도 중등부 1학년에게 배정된 학생복을 입고 있다. 즉, 세인과 메리아의 동급생이었다. 허리까지 내려오는 금발에 보석처럼 빨간 눈동자. 메리아보다는 약간 키가 컸으며, 팔다리가 길고 가는 늘씬한 체형이었다. 가지런한 이목구비를 지닌 그녀의 얼굴은 현재 세인을 날카롭게 노려보고 있었다.

"······침입자? 침입자가 어디에 있지?"

"당신을 말하는 거야. 거기 있는 검은 옷차림의 남자!"

소녀의 말에 납득하고 말았다.

이 학교에 발을 들이는 학생은 반드시 교복을 입어야 한다. 능력측정 당일인 오늘도 교복을 입고 오라는 통지가 있었다. ······그렇지만 세인이 몸에 두르고 있는 것은 새까만 외투와 흉흉한 액세서리들. 메리아도 메이드 차림을 하고 있었으므로 수상한 사람 취급을 받아도 할 말이 없었다.

물론 세인은 수상한 사람이 아니다. ……하지만.

검은 옷차림의 남자. 그 불길함 만점의 키워드가 세인의 심금을 울렸다.

"크, 크큭! 발견되고 말았나. 허나 계집이여. 과연 이 나를 멈출 수……."

"문답무용! 받아라, 플럭스!"

"잠깐, 다짜고짜 무슨……?!"

두근거리던 가슴이 삽시간에 식어버렸다.

소녀가 화염탄을 날렸다. 날아오는 화염탄을 세인은 종이 한 장 차이로 회피했다.

"노, 농담한 건 사과하지! 너는 지금 오해하고 있다!"

"됐으니까 날아가 버려!"

"기, 기다려! 더는 위험하대도!"

계속해서 화염탄을 발사하는 소녀의 모습에 세인은 본격적으로 초조해지기 시작했다.

"그 이상 쏘지 마! 방금 막 부른 참이라서 아직 '성수'가 도착하지 않……."

"영문도 모를 소리를! 겁화여, 모든 것을 불태워라. 플레어!"

작은 태양을 방불케 하는 화염구가 쏘아져 나갔다. 타오르는 화염은 전신을 집어삼킬 듯 세인을 향해 육박했다.

하지만 그 직후, 화염은 마치 거대한 손톱이 할퀴고 지

나간 것처럼 갈라져 소멸해 버렸다.

"……어?"

"그러게 내가 뭐랬어!"

불가사의한 현상을 목격한 소녀는 넋이 나간 얼굴이 되었다.

직후, 소녀의 눈앞에서 공간이 일그러졌다. 아니, 눈에 힘을 준다면 일그러진 게 아니라는 걸 알 수 있다. 그건 거대한 반투명 사자였다. 사자가 팔을 치켜들었다. 소녀는 여전히 보이지 않는 모양이었지만, 살기는 느낄 수 있었는지 점차 얼굴이 창백해졌다.

"멈춰! 그 애는 적이 아니야!"

세인이 황급히 외쳤다. 동시에 옆에 서 있던 메리아가 세인에게 밀착하며 말했다.

"이렇게 하는 편이 빨라요. ……이얍!"

"끄허억?!"

문득 달콤한 향기를 맡은 순간, 메리아의 주먹이 세인의 복부에 꽂혔다. 방 전체를 뒤흔드는 듯한 굉음이 울려 퍼졌다. 세인의 몸은 신장의 세 배 높이에 달하는 공중으로 떠올랐고, 이후 중력의 법칙에 따라 낙하했다.

갑작스러운 폭력에 소녀도, 반투명한 사자도 메리아를 주목했다.

"저기요, 성수 씨. 그만 들어가 보셔도 돼요. 뒤는 제가 잘 수습할 테니까요."

괴로워하는 세인을 옆에 두고 메리아가 허공을 향해 말했다.

그러자 소녀의 정면에 있던 반투명한 사자가 천천히 모습을 감추었다.

"더, 덕분에 살았다, 메이드여……. 그런데 다른 방법은, 없었던 거냐……."

"없었어요. 이래 봬도 여러모로 고민해서 고른 방법이라고요."

"그런가……. 지금은, 그 말을 믿도록 하지……."

세인은 메리아의 어깨를 빌려 자리에서 비틀비틀 일어났다.

"움직이지 마."

그 목소리에 고개를 들자, 다시금 소녀와 세인의 시선이 마주쳤다.

"아직 이야기는 끝나지 않았어. 당신들, 정체가 뭐야?"

한층 더 짙은 경계심을 내비치며 소녀가 물었다.

뭐라고 말을 꺼내야 할까. 고민을 거듭하는 세인을 대신해 옆에 있던 메리아가 행동에 나섰다. 메리아는 세인의 옷 안에서 학생증을 꺼내 들어 눈앞의 소녀에게 휙 던졌다. 소녀가 학생증을 받아들자 메리아가 말했다.

"보시다시피 저희는 학생이에요. 침입자가 아니랍니다."

"……이거 진짜 맞아?"

"만져봐도 되고, 핥아봐도 돼요. 뭣하면 반으로 접어봐도 괜찮아요."

"이, 이 메이드가……. 남의 학생증이라고 멋대로……!"

농담해도 농담처럼 들리지 않는 게 메리아의 무서운 점이다.

다행히 소녀가 메리아의 말에 따르는 일은 없었다. 그녀는 학생증을 손바닥 위에 놓고 지그시 관찰했다. 그러고는 안도하며 가슴을 쓸어내렸다.

"아무래도 침입자는 아닌가 보네. 의심해서 미안해. 하지만 그런 이상한 차림으로 돌아다니는 건 어떨까 싶은데."

그렇게 말하며 다가온 소녀는 세인에게 직접 학생증을 돌려주었다.

"학생은 학교에 있는 동안 교복을 입어야 한다는 규칙은 알고 있지? 다음부터는 꼭 교복을 입고 다니도록 해."

"입고 있잖아."

"……뭐?"

"내가 지금 입고 있는 이게 교복이다. 뭐, 다소 개조를 하기는 했지만!"

세인이 자랑스럽게 외투를 과시해 보였다. 처음에는 미심쩍은 눈을 하던 소녀도 자세히 살펴보니 외투 곳곳에 교복의 흔적이 남아있다는 사실을 깨달았다.

"이걸 어떻게 알아보라는 거야?! 원형이 남아있지를 않잖아!"

"이 몸의 손에 걸리면 그게 무엇이 되었든 불길한 기운을 띠도록 재구성되지. ……사람들이 칭하길, 만물에 어둠을 부여하는 자!"

"아무도 그렇게 안 불러요."

메리아가 신속하게 세인의 헛소리를 부정했다.

"이건 이미 교장 선생님께 허락을 받았어요. 참고로 저는 이 머리가 이상한 사람의 종자라서 어쩔 수 없이……. 이해 부탁드릴게요."

"……당신은 그렇다 치고, 그쪽 남자의 교복이 정말로 허가가 났어?"

"아마도요……."

"……뭐, 됐어."

반신반의하는 눈치였지만 일단은 넘어간 모양이다.

"두 사람 모두 처음 보는 얼굴인걸. 초등부 졸업생이 아니라 신입생인가 봐?"

"그래. 중등부 1학년에 입학하게 된 세인이다."

"그리고 종자인 메리아예요."

"나는 알리시아라고 해. 너희들과 마찬가지로 내일부터 중등부 1학년이 될 몸이야. ……뭐, 지난 일은 흘려보내기로 하고. 앞으로 잘 부탁해."

"저희야말로 잘 부탁드립니다. 알리시아 님."

스스럼없이 이름을 부르는 메리아.

반면에 세인은 미묘한 표정을 지었다.

"……미안한데 하나 묻지. 그 알리시아라는 건 성씨인가?"

"아니, 이름이야."

"성은 없는 건가?"

"물론, 있긴 한데……. 이름으로 불러줬으면 좋겠어."

알리시아가 살짝 머뭇거렸다. 이름으로 불러줬으면 하는 이유가 있는 것일까. 굳이 그 이유를 추궁할 생각은 없었지만, 세인에게 있어 그녀의 부탁은 영 달갑지 않은 것이었다. 미간을 찌푸리며 몇 초 동안 고민한 세인은, 이윽고 평소와 같은 불손한 미소를 지었다.

"후후! 번뜩였다! 네 이름이!"

"뭐?"

"네 이름은 오늘부터 골든 프린세스다!"

"고, 골든 프린세스?"

"그렇다!"

"이, 일단 그 이름의 유래를 들어볼 수 있을까?"

"금발이니까!"

"서, 성의 없어……. 뭐, 하긴. 프린세스라는 단어는 나쁘지 않네. 하지만 좀 길지 않아? 조금만 더 짧으면 부르기 쉬울 것 같은데."

"그럼 미스 골드로."

"왜 프린세스를 떼버리는 건데!"

"뭣하면 나를 미스터 블랙이라고 불러줘도 괜찮다. 아니, 이왕 부를 거라면 미스터 다크니스…… 암흑신사가 좋겠군……. 후후, 나쁘지 않아."

알리시아의 항의를 무시하고 혼자서 음험하게 미소짓는 세인. 옆에서 그 꺼림칙한 모습을 바라보고 있던 메리아가 작게 중얼거렸다.

"……미스터 숯검댕이."

"뭐라고 했나? 메이드여."

"아무 말도 안 했어요."

담담한 표정으로 일관하는 메리아를 보며 세인은 고개를 갸웃했다.

"그런데 두 사람은 왜 이곳에 있는 거야? 여기는 신입생이 들어올 만한 장소가 아니야."

알리시아의 질문에 세인과 메리아는 서로의 얼굴을 마주보았다.

"그, 그건 말이지……."

"능력측정까지 시간이 남아서 잠시 산책을 하고 있었어요. 그러다 우연히 이곳을 발견했는데, 신비한 분위기가 느껴지길래 들러 봤을 뿐이에요."

"아아, 그렇구나. 어떤 기분인지 알겠어. 여긴 나도 좋아하는 곳이거든."

거짓말이 서툰 세인을 대신해 메리아가 금세 적당한 구실을 늘어놓았다. 평소에도 무표정인 그녀는 거짓말의 천재라 말해도 과언이 아니었다. 그다지 존경할 만한 재능은 아니지만.

"알고 있어? 저 커다란 기둥은 사실 기둥이 아니라 지팡이야. 학교의 결계는 저 커다란 지팡이로 유지되고 있어."

"호오, 그렇군."

이미 알고 있는 내용이지만 장단을 맞추기 위해 고개를 끄덕였다.

"앗, 이런. 슬슬 측정하러 가야겠네."

팔에 찬 시계를 바라보며 알리시아가 말했다.

세인도 외투에서 쓸데없이 화려한 은시계를 꺼내 들었다.

"아직 시간에 여유가 있는 거 아닌가?"

"중등부 1학년 측정은 오후 세 시까지야. 앞으로 한 시간도 안 남았어."

"윽, 그랬군."

"어휴. 원래는 여유를 두고 측정에 도전할 예정이었는데. ……설상가상 침입자인 줄 알고 달려왔더니 우리 학생이었고. ……오늘은 꼴이 말이 아니네."

"……학교의 보안을 좀 더 믿어도 괜찮지 않겠나? 결계에는 외부인을 막는 효과도 있잖아? 게다가 저 지팡이 자체도 강력한 결계로 보호받고 있다. 미스 골드가 생각하는 그런 사태는 좀처럼 일어나지 않으리라 본다만."

"아쉽지만 과거에도 몇 차례 뚫린 적이 있거든. 너도 이 학교에서 지내게 된 이상 언젠가는 깨닫게 되겠지만, 세상에는 자신의 상상을 한참 넘어서는 규격 외의 인간들이 존재해. 개중에는 한눈에 봐서는 이해하기 힘든 자들도 있지. 전혀 대단해 보이지 않는데도 의외로 실력이 좋다거나 말이야. 그래서 너와 맞닥뜨렸을 때도 경계했던 거고."

"그렇군. 일단 나도 주의하도록 하지. ……응? 잠깐만. 그건 내가 전혀 대단해 보이지 않는다고 에둘러서 말하는 셈 아닌가?"

"자, 서둘러야 해! 전학생!"

"어이, 거기 서! 대답해!"

알리시아가 앞장서서 출구를 향해 달려가자 세인은 고함을 지르며 그녀의 뒤를 쫓았다.

"으으윽, 어째서 내가 이런 굴욕을……!"

"마음 푸세요. 딱히 나쁠 것 없잖아요."

옆에서 나란히 달리던 메리아가 화를 내는 세인을 달랬다.

"적어도 여기서는 전처럼 떠받들어질 일은 없을 것 같네요."

"……그건 그렇군."

메리아의 한마디에 세인은 희미하게 미소지었다.

"어라, 그러고 보니 이상하네?"

그렇게 세 사람이 모두 밖으로 나왔을 무렵, 문득 뒤를 돌아본 알리시아는 방안을 응시하며 중얼거렸다.

"왠지 결계가 전보다 강해진 듯한 기분이……."

세인과 메리아는 그 중얼거림을 듣지 못한 셈 치기로 했다.

능력측정은 마력측정, 체력측정, 면담까지 세 단계로 나누어져 있다. 그중 앞의 두 가지는 원하는 순서대로 받을 수 있다. 다만, 체력측정은 말 그대로 체력을 소모해야 하므로 대부분이 마력측정을 먼저 받는다. 세인 일행도 예외는 아닌지라 먼저 마력측정 회장인 강당으로 향했다.

"사람이 많네요."

강당에 모인 학생들의 수를 보고 메리아가 말했다. 백여 명에 달하는 학생들이 검사를 받는 중이었기에 강당 안에는 여러 개의 행렬이 만들어져 있었다. 라이트릿지 성왕국에서는 금발이 가장 많고, 그다음으로 갈색, 백발 순이었지만 이곳 학생들의 머리나 피부색은 완전히 제각각이었다.

"너 말이야……. 그 차림, 역시 눈에 띄어."

"어쩔 수 없다. 이 또한 어둠에 현혹된 자의 숙명이니까."

세인이 도취하여 말하자 알리시아는 이마에 손을 짚으

며 탄식했다.

"음? 미스 골드. 저 도구는 대체 뭐지?"

학생들의 행렬 끝에는 인간의 두개골만 한 크기의 수정 구가 놓인 긴 탁자가 있었다. 학생들은 긴장된 얼굴로 수정구에 손바닥을 얹고 있었다.

"검사구(檢査球)? 마력의 색 반응을 이용한 도구인데, 저 수정구에 손을 얹으면 자신의 계보와 숙련도를 알 수 있어. 우리 학교에서는 숙련도를 랭크로 표현하고 있거든. 가장 밑이 F랭크, 가장 위가 A랭크야. 우리 중등부 평균은 대충 D랭크 정도라고 생각해."

마력에는 속성이 있다.

불, 물, 땅, 바람, 전기, 빛, 어둠. 이 일곱 가지다. 그리고 마법이란 이러한 마력을 연료로 실현되는 신비를 일컫는다. 각각의 마력에 따라 실현할 수 있는 마법에 차이가 있다. 예를 들어 불의 마법을 사용하기 위해서는 불의 마력이 필요했다.

그리고 인간에게는 마력에 대한 적성이 있고, 이를 계보라고 부른다.

계보는 세 종류로 나뉜다. 오행의 계보, 빛의 계보, 그리고 어둠의 계보다. 오행의 계보는 불, 물, 땅, 바람, 전기 속성 마력에 적성을, 빛의 계보는 빛의 마력에 적성을, 어둠의 계보는 어둠의 마력에 적성을 보인다. 적성에 해당하는 마력은 다른 마력에 비해 다루기가 쉽다. 요컨대 사람마다 소질이 제각각이라는 것이다.

"숙련도는 수정에서 뿜어져 나오는 빛의 세기로 알 수 있어. 봐, 저런 식으로."

학생이 수정구에 손을 얹자 수정구가 파란색으로 빛났다. 그러자 교사 한 명이 그 빛을 보고는 바인더에 철해 둔 종이에 뭔가를 기록했다. 저것이 마력측정 과정인 모양이었다.

"숙련도라는 건 한 번에 다룰 수 있는 마력의 최대치라고 생각해도 될까요?"

"맞아. 그 말대로야."

마력은 인간의 몸속이 아니라 공기 중에 있다. 인간은 자신의 사념을 통해 이 무형의 마력을 형태를 지닌 마법으로 변환시키는 것이다. 숙련도란 한 번에 변환시킬 수 있는 마력의 최대치를 뜻했다. 즉, 계보는 숙련도를 향상하기 쉬운 속성이라 바꿔 말해도 무방했다.

"잠깐만! 제발 한 번만, 한 번만 더 기회를 줘!"

세인 일행이 줄을 서자 선두에서 학생이 부르짖는 소리가 들려왔다. 아무래도 측정 결과가 만족스럽지 않았는지 재측정 기회를 달라고 애걸하고 있는 듯했다.

그 모습을 지켜보며 세인이 "흥." 하고 콧방귀를 뀌었다.

"한심하기 짝이 없군. 수련을 게을리했다는 증거다."

그러자 메리아가 묵묵히 날카로운 시선을 보내 왔다.

"다음 분 오세요!"

"그럼 다녀올게요."

지명을 받은 메리아는 가볍게 인사를 한 뒤 세인의 곁을 떠나갔다.

알리시아와 함께 메리아의 마력측정을 보게 된 세인. 그런데 어느새 메리아의 주위에는 자그마한 인파가 형성되어 있었다. 본디 무척이나 곱상한 외모를 지닌 소녀니까. 군중의 7할이 남학생인 것은 그 때문이리라.

그녀가 군중들 사이로 메리아가 수정구에 손을 얹는 모습이 보였다.

직후, 다섯 종류의 강렬한 빛이 수정구에서 뿜어져 나왔다.

"거짓말……. 믿기지 않아."

옆에 있던 알리시아뿐만 아니라 메리아의 미모에 이끌린 학생들도 얼굴을 경악으로 물들였다. 결과를 알고 있던 세인만이 유일하게 놀라지 않았다.

"오행의 계보인데 모든 속성이 저만한 숙련도를 발휘하다니……. 이봐, 저 메리아라는 아이, 실은 상당히 대단한 인물 아냐?"

"음. 자랑스러운 이 몸의 종자다."

오행의 계보에 해당하는 자는 다섯 속성을 자유롭게 연

마할 수 있다. 그것은 선택지가 풍부하다는 뜻이기도 하지만 자칫하면 어중간한 실력에 그칠 수도 있다는 의미이기도 했다. 하지만 메리아는 한 가지를 중점적으로 연마하지 않고 굳이 모든 속성을 연마하는 길을 택했다.

그 결과, 메리아는 어중간하다는 표현을 뛰어넘어 만능의 마법사가 되었다. 라이트릿지 성왕국에서 세인의 종자로 있던 건 우연이 아니었다. 그녀는 손꼽히는 실력자였다.

"다녀왔습니다."

평소처럼 무표정한 얼굴로 메리아가 되돌아왔다.

"메이드여, 결과는 어땠지?"

"오행의 계보에 불과 물이 B랭크. 땅, 바람, 전기가 C랭크였어요."

"과연. 주인으로서 자랑스럽구나."

"별말씀을요."

자신만만하게 가슴을 펴는 세인의 모습에 메리아도 아주 싫지만은 않은 눈치였다. 머리카락을 손끝으로 매만지며 쑥스러워하는 메리아에게 세인은 계속해서 말했다.

"저길 봐라. 벌써 몇몇 남자들이 네게 뜨거운 시선을 보내고 있군. ……흠, 이런 기분도 오랜만인걸. 우리 메이드는 어딜 가도 인기 만점이구나…….

세인이 로우리바니아 왕국으로 여행을 떠나려던 당시, 그 소식을 들은 지인들이 몰려와 메리아에게 고백하던 광

경이 떠올랐다. 아무래도 아름다움의 기준은 나라가 달라
도 비슷한 모양이었다.

"……세인 님은 이런 상황을 어떻게 생각하세요?"

"이런 상황이라니?"

"예를 들자면, 제가, 저기…… 다른 남자한테 고백을 받
는다거나……."

영문 모를 질문이었다. 이따금 메리아는 이런 식으로 이
상한 질문을 건네오고는 했다.

의아함을 느끼면서도 세인은 키 작은 종자에게 지극히
진지한 태도로 대답해 주었다.

"안심해라. 너를 속박할 생각은 없으니. 좋아하는 상대가
생기거든 언제든지 말하도록."

"……하아. 어디서 콱 죽어버리셨으면."

"어째서?! 선의에서 우러난 대답이었는데!"

자조와 함께 독설을 내뱉는 메리아. 도무지 무슨 생각을
하는지 이해할 수가 없었다.

"다음 분 오세요!"

진행요원의 목소리가 들려왔다. 세인이 아니라 옆줄에 서
있는 알리시아를 부르는 소리였다.

"왜 그러지, 미스 골드? 부르고 있잖아."

"……그러네."

지금까지 씩씩하기만 하던 알리시아가 갑자기 약한 모

습을 보였다.

"될 수 있으면 보지 말아 줘."

기어들어 가는 듯한 말을 남기고 알리시아는 수정구 앞으로 다가갔다. 가까스로 그녀의 목소리를 알아들은 세인과 메리아가 서로를 마주 보며 고개를 갸웃했다.

결계의 중추였던 커다란 방에서 두 사람은 이미 알리시아의 화염 마법을 목격했다. 적성이 없다면 그만한 위력은 발휘하지 못했을 것이다. 짐작건대 알리시아는 메리아와 마찬가지로 오행의 계보에 속할 터였다. 마법의 위력을 보자면 메리아 정도는 아닐지라도 평균 이상의 숙련도는 될 터였다. 그것을 숨기고 싶어 하는 이유가 좀처럼 짐작이 되지 않았다.

"이런, 슬슬 내 차례인가. ……메이드여, 준비를 좀 도와다오."

"저기……. 정말로 하려고요? 그거."

"물론이지. 무슨 일이든 형태부터 갖추고 시작해야 하는 법이다."

세인의 말에 메리아는 한숨을 내쉬며 가방을 열었다. 그렇게 행렬을 살짝 벗어난 세인은 남들의 눈길이 닿지 않는 구석에서 메리아의 협력을 받아 준비해나갔다.

"다음 분 오세요!"

진행요원의 부름에 세인이 앞으로 걸어 나갔다.

마침 알리시아도 측정을 마치고 약간 지친 모습으로 이쪽을 향해 다가오고 있었다. 좌우를 두리번거리며 두 사람을 찾던 알리시아는 정면을 보더니 말문이 막히고 말았다.

　경악하다 못해 입을 벌린 채로 굳어버린 알리시아. 그리고 그녀의 곁을 스쳐 지나가는 무언가.

　그것은, 칠흑의 개조 교복을 전신에 두르고, 진저리쳐질 정도로 화려한 액세서리들을 목이며 손가락에 주렁주렁 달고 있었다. 심지어 새까만 투구까지 뒤집어쓴 그 모습은 영락없는 괴한이었다.

　"어이, 저 녀석…… 정체가 뭐야?"

　"학생은, 아니겠지?"

　"불길해……."

　"여간내기가 아니야."

　진정들 해, 진정들. 투구 밑에서 싱글벙글 미소가 끊이질 않는 세인. 취미인 정원 돌보기로 숙달된 세인의 손재주는 썩 훌륭했고, 따라서 불길하게 개조된 학교 교복에 그는 자부심을 느끼고 있었다.

　"새까만 외투에 새까만 검…… 설마, 암흑기사?"

　외투를 펄럭 휘날리자 학생 중 한 명이 중얼거렸다. 그 한마디는 눈 깜짝할 사이 전파되었고, 곧 세인은 메리아 이상으로 주목을 받는 존재가 되었다.

　수많은 시선이 한곳에 집중되던 바로 그때, 세인의 오른

팔에 검은 기운이 일렁였다.

"큭, 안 돼. 진정해라, 어둠의 힘이여……!"

흐느끼듯 피어오르는 그것은 그야말로 어둠의 파동. 주위에서 "오오!"하고 탄성이 터져 나왔다. 자신의 의사와는 관계없이 흘러넘치는 힘을 필사적으로 억누르고 있다는 듯이 세인은 괴로운 신음을 내며 팔을 움켜쥐었다.

하지만 메리아는 투구 속에서 들려오는 거친 숨소리를 알아채고 있었다.

"……숨이 꽤 벅차신가 봐요?"

세인이 호흡을 멈추었다. 하지만 메리아의 눈을 속일 수는 없었다.

"마력을 쥐어짜 내느라 필사적이시네요."

"아, 아아, 아니거든! 이, 이건 무의식중에! 멋대로 흘러나오고 있을 뿐인…… 콜록, 콜록!"

급격한 체력소모가 계속되던 와중에 숨을 멈추는 바람에 세인은 거칠게 기침을 하고 말았다. 자연스레 어둠의 파동도 사라져 버렸다. 세인은 헉헉 숨을 몰아쉬며 수정구 앞에 섰다.

"이름 모를 교사여. 시련을 받으러 왔다."

"……그러시죠."

진 빠진 세인의 목소리에 여교사는 어리둥절한 표정을 지으면서도 고개를 끄덕였다.

교장에게 미리 언질을 받았는지 개조 교복을 걸고넘어
지지는 않았다.

수정에 손을 얹은 세인은 심호흡하며 마음을 가라앉혔다.

"거대한 어둠이여. 지금, 그 모습을 드러내라!"

세인이 기합을 불어넣었다. 그러자 퐁, 하고 손톱만 한
크기의 검은 빛이 수정구에 떠올랐다.

세인을 둘러싸고 있던 인파들이 하나같이 얼빠진 표정
을 지었다. 그 누구도 목소리를 내지 않았다. 그런 가운데
세인은 긴장한 얼굴로 측정 결과를 기다렸다. 교사는 수정
구를 진지하게 관찰한 뒤, 입을 열었다.

"어둠의 계보, F랭크입니다."

"……………………뭐라고?"

"F랭크입니다."

담담하게 되풀이된 교사의 한마디에 세인은 그대로 굳
어져 버렸다.

주변의 술렁임이 점점 더 커졌다. 이윽고 세인은 전신을
부들부들 떨면서 말했다.

"크, 크크큭……. 아, 아무래도 힘을 필요 이상으로 억눌
렀던 것 같군. ……아, 앞으로 조금, 앞으로 조금만 더 하면
진정한 힘이…….'

"다음 분 오세요."

"부탁이야! 기다려 줘!"

"자, 이만 돌아가자고요."

조금 전에 "한심하기 짝이 없군"이라고 평가했던 학생과 완전히 똑같은 행보를 보이는 세인. 교사에게 인사를 건넨 메리아는 그런 세인의 팔을 억지로 질질 잡아당기며 강당을 뒤로했다.

"…………핫?!"

눈을 떴을 때 세인의 눈앞에는 학교 운동장이 펼쳐져 있었다. 바람이 운동장 위를 한차례 쓸고 지나가자 모래 먼지가 피어올랐다. 운동장을 달리던 학생들이 눈을 찡그렸다.

"……뭐야, 꿈이었나."

"꿈이 아니에요……."

"아니, 꿈이야! 꿈이었던 걸로…… 해 줘……."

옆에 앉은 메리아의 지적에 세인이 머리를 감싸 쥐며 말했다.

마력측정을 무사히 끝낸 세인 일행은 이어서 체력측정을 받고 있었다. 아무리 그래도 체육복까지 개조하지는 않았기에 세인도 다른 학생들처럼 하얀 반소매 상의와 남색 반바지를 입고 있었다.

"언제까지 침울해져 있을 거야. ……자, 다음은 너희들 차례야."

먼저 달리기를 마친 알리시아가 땀을 닦으며 두 사람 앞에 모습을 드러냈다. 세인은 죽을상을 하고서 메리아와 함께 트랙으로 향했다.

"세인 님. 같이 달려 드릴까요?"

"……아니. 메이드는 메이드 페이스로 달리도록 해."

"알겠습니다. 그럼 저는 앞쪽에서 출발할게요."

스타토 지점부터 너와는 다르다고 역설이라도 하듯 메리아가 앞쪽 대열에 가세했다. 신호가 울리고, 학생들이 일제히 달려나가기 시작했다.

세인은 개시 10초 만에 맨 끝으로 밀려나고 말았다.

"지나갈게요."

선두를 달리고 있던 메리아가 세인을 한 바퀴 차이로 추월하면서 말했다.

"지나갈게요."

다시 메리아에게 추월당했다. 세인은 경쾌하게 달려가는 그녀의 뒷모습을 원망스럽게 노려보았다.

"지나갈게요."

"괴롭힐 작정으로 그러는 거지, 너……!"

최종적으로 세인은 메리아에게 네 바퀴나 뒤처진 채로 달리기를 마쳤다.

그 뒤로도 체력측정은 이어졌다. 근력, 순발력, 도약력, 유연성 등 온갖 신체 능력의 검사가 진행되었다. 한 시간이 넘도록 분발한 끝에야 모든 항목의 검사가 완료되었다.

"넌 뭐든지 잘하는구나…….."

알리시아가 메리아를 보며 말했다. 메리아는 대부분 우수한 결과를 냈다.

"아뇨, 뭘요. 알리시아 님도 상당히 빠르시잖아요."

"이래 봬도 매일같이 단련하고 있으니까. ……평가는?"

"D랭크였어요. 저, 근력은 별로 없는 편이거든요."

"나하고 같네. 역시 단순한 힘으로는 남자들한테 한 수 내줄 수밖에 없나. 분하다."

서로의 성적을 교환하며 학생다운 대화를 나누는 메리아와 알리시아.

"그리고 너는 뭐든지 못하는구나."

"……시끄러워."

"랭크는?"

"듣고 놀라도록……. E랭크다."

"……어디에 놀라야 하는 거야?"

"F랭크가 아니다."

"자기 입으로 말하면 서럽지 않아?"

"…………서러워."

침울해져 있는 세인에게 알리시아는 동정의 눈길을 보냈다.

탈의실로 돌아가 간단히 샤워를 마친 세인 일행은, 교복으로 갈아입은 뒤 오늘의 마지막 예정인 면담을 치르기 위해 발걸음을 옮겼다.

　면담 회장은 학생들로 장사진을 이루고 있었다.

"잔뜩 늘어서 있네."

　알리시아가 말했다.

　면담 상대는 네 명. 교장, 교감에 더해 중등부 학생회장과 부회장까지. 상대가 네 명인데 학생은 한 명씩 면담해야 한다. 한 명당 5분에 불과한 면담이므로, 복도에 기다란 줄이 늘어서 있기는 했지만, 오랫동안 기다릴 필요는 없었다.

"어이, 저 이상한 차림을 한 녀석 좀 봐. 마력측정에서 F랭크를 받았던 녀석이야."

"F랭크? 거짓말이지? 초등부도 아니고."

　이미 세인의 추태가 널리 퍼졌는지 학생들이 수군거렸다. 세인은 필사적으로 평정심을 가장했고, 메리아와 알리시아는 타인 행세를 했다.

　얼마 후, 메리아가 면담에 불려 나갔다. 문 앞에 서 있던 세인은 슬쩍 귀를 기울여 보았지만, 면담의 내용은 전혀 들리지 않았다.

　이윽고 메리아가 평소와 다름없는 무표정한 얼굴로 문을 나왔다.

"메이드여. 안에서 무슨 대화를 나눴지?"

"음⋯⋯. 기본적으로 측정 결과에 대해서 깊게 캐묻는 방식이었어요. 그리고 제 복장에 관해서도 간단히 이야기를 나눴네요. 이 학교에는 저 외에도 종자가 몇 명인가 있는 모양이에요. 그 사람들도 업무용 의상을 입고 생활하고 있다나 봐요."

듣고 보니, 지금껏 세인의 차림을 주목하는 학생은 잔뜩 있었지만, 메리아를 기묘한 눈으로 쳐다보는 사람은 생각보다 많지 않았다.

문제는 측정 결과를 깊게 캐물었다는 부분이다.

"⋯⋯그럼 다녀오마."

불길한 예감과 함께 세인은 면담실 안으로 발을 들였다.

방 중앙에는 학생용 접이식 의자가 하나. 그 정면의 창가에는 네 명의 인물이 앉아있었다. 가장 왼쪽부터 교장, 교감, 학생회장, 부회장이다.

"착석해 주세요."

교감이 말했다. 교감은 갈색 머리의 여성으로 얼굴에 약간의 주름이 엿보였다. 그녀의 시선은 벌써 살벌했고, 거의 째려보는 듯한 눈으로 세인을 응시하고 있었다.

묵묵히 의자에 앉은 세인은 맨 왼쪽에 있는 교장과 시선을 교환했다. 회색 머리와 하얀 수염이 인상적인 노인이었다. 남색과 흰색으로 구성된 외투를 걸치고 있다. 공적으로는 이번이 교장과 세인의 첫 대면이었다. 서로의 관계가 탄로 나지 않도록 주의해야 했다.

"학생의 이름을 말씀해 주세요."

"세인 포스티스입니다."

물론 가명이었다. 세인의 성은 포스다. 원칙대로라면 신분 사칭은 들키는 즉시 퇴학이지만, 세인은 교장으로부터 직접 허락을 받았으므로 문제 될 것은 없었다.

교감이 앞에 놓인 한 장의 서류를 바라보며 입을 열었다.

"마력측정이 F랭크. 신체측정이 E랭크. 중등부 1학년들 중에서 양쪽 모두 E랭크 이하를 기록한 것은 학생이 처음입니다. 축하드려요. 지금 장난치십니까?"

난데없이 신랄한 일격이 날아왔다. 교장이 살짝 당황하며 교감을 달랬다.

"이보게, 그, 조금만 더 완곡하게……."

"학생은 지금까지 무엇을 하며 살아오셨죠?"

교감은 교장의 말을 듣는 체도 안 하며 다시금 세인을 몰아세웠다.

그 질문에 세인은 대답할 수 없었다. 왜냐하면, 그 대답이야말로 세인이 가장 숨기고 싶었던 비밀이기 때문이다. 세인은 과거와 작별하고 새롭게 태어나기 위해 이 학교에 입학했다. 과거의 자신이 앞으로의 자신을 위해 해 줄 일은 아무것도 없다.

묵묵부답으로 일관하는 세인의 모습에 교감은 깊은 한

숨을 내쉬었다.

"이런 학생에게 남겨줄 말은 아무것도 없군요. 교장은 뭔가 하실 말씀이라도?"

"으, 으음…… 그렇구만. 뭐, 고생은 하겠지만 자네라면 어떻게든 헤쳐나갈 수 있을 테지. 앞으로 삼 년간 기대하고 있겠네."

"꽤 신뢰하고 계신 모양이군요."

"허엇?! 아, 아니, 절대 그렇지 않네!"

망령이 나셨나요? 라고 묻는 듯한 교감의 말에 교장이 변명했다.

"그, 그렇지. 카인 군, 자네의 의견은 어떤가?"

교장이 학생회장에게 눈짓하며 물었다.

황금색 머리와 황금색 눈동자. 카인이라 불린 그 남자는 맹수 같은 두 눈으로 세인을 응시했다. 세인의 기묘한 차림에도, 교감의 질렸다는 태도에도, 교장의 동요하는 모습에도 감정의 변화를 드러내지 않고, 마치 모든 것을 꿰뚫어 보는 듯한 눈동자로 세인을 노려보았다.

"제니퍼 왕립 마법 학교는 다른 학교들과 달라."

카인이 말했다.

"알다시피 이 학교는 오는 자는 막지 않고, 가는 자는 붙잡지 않는다는 이념을 존중하고 있다. 학비만 지급한다면 어떤 학생에게도 문호가 개방되어 있다는 뜻이지. ……하지만 그 대신 이 학교는 철저하게 성과만을 중시한다. 국내 최다 신입생을 자랑함과 동시에 졸업 전 사망률도 국내 최다라는 사실은 그러한 배경에 기반하고 있지. ……너는 이 학교를 졸업할 각오가 되어 있나? 단지 자신의 실력을 가늠해 볼 생각이라면 관두는 게 좋아. 이곳에서는 그런 녀석들부터 죽어 나가니까."

오는 자는 막지 않고, 가는 자는 붙잡지 않는다. 그 이념대로 이 학교는 웬만큼 문제가 되지 않는 이상 학생의 입학을 거부하지 않는다. 자신의 정체를 숨기고 싶다는 세인의 요구가 받아들여진 것도 이런 학교이기 때문이었다. 다른 학교였다면 허용되지 않았으리라.

즉, 세인은 수많은 선택지 중에서 제니퍼 왕립 마법 학교를 고른 것이 아니라, 애초부터 제니퍼 왕립 마법 학교밖에 갈 만한 곳이 없었다. 카인은 그러한 배경을 꿰뚫어 보기라도 한 것처럼 세인의 속내를 떠보는 질문을 해 왔다.

"문제없어."

세인이 말했다. 압력이 느껴지는 황금색 눈동자를 눈앞에 두고도 세인은 결코 시선을 피하지 않고 대답했다.

"내게는 이루고 싶은 꿈이 있다. 이 학교는 그것을 위한 통과의례에 지나지 않아. ……학교를 졸업할 각오라고? 오히려 배울 것을 다 배우고 나면 바로 떠날 생각이다."

본심이었다. 선택지가 이 학교밖에 없었던 것은 사실이

다. 하지만 세인은 제니퍼 왕립 마법 학교의 엄격한 학풍을 알고 있었다. 즉, 이 학교에 어느 정도 기대를 품고 있었다. 만일 이곳이 기대에서 벗어난 학교라면, 쓸데없는 시간만 낭비하게 될 환경이라면 망설임 없이 자퇴할 작정이었다. 목적은 어디까지나 꿈의 성취다. 졸업 여부는 중요하지 않았다.

"너, 재밌는 녀석이구나."

카인이 희미하게 웃었다.

"걱정하지 마라. 이곳에는 선배들이 쌓아 올린 무수한 시련이 마련되어 있다. 네 꿈이 무엇인지는 모르겠지만 이곳을 선택한 것은 정답이다. ……기대하고 있겠어."

카인이 말을 마친 순간 다른 세 사람이 움찔하고 동요했다. 특히 부회장 자리에 앉아있던 여학생은 눈을 휘둥그레 뜨며 카인을 쳐다보았다. 오직 당사자인 카인만이 지극히 태연한 자세를 유지하고 있었다.

"에밀리아. 하고 싶은 말이 있나?"

"아뇨. 아무것도."

부회장 에밀리아는 곧바로 동요를 씻어내고 고개를 살짝 끄덕였다. 파란색의 긴 머리카락과 단정한 이목구비. 이쪽도 카인에게 뒤지지 않을 만큼의 존재감을 빚어내고 있었다. 실력주의인 이 학교에서 정점까지 치고 올라온 인물과 바로 그 뒤를 잇는 차석인 것이다. 학생이라 해도 여간내기가 아닐 터였다.

세인의 면담은 이것으로 끝이었다. 퇴실해 달라는 요구에 문을 열고 면담실을 뒤로했다.

면담실을 나온 직후, 세인은 크게 숨을 토해냈다.

"수고하셨어요."

"고생했어."

피로감이 짙게 묻어나는 세인에게 메리아와 알리시아가 격려의 한마디를 건네 왔다.

"그래서? 어떻게 됐어?"

"몰라. 질문에 나름대로 진지하게 대답하긴 했다만……. 따끔한 충고도 들었고."

"그렇구나. ……나도 살짝 걱정되기 시작했다."

기가 센 알리시아도 걱정이 되기는 하는 모양이었다.

"교장과 교감은 그렇다 치고, 나머지 둘은 정말 무시무시하지. 다들 엄격한 건 물론이고, 같은 학생인 만큼 봐주질 않으니까. ……너, 두 사람한테 무슨 말 들었어?"

"들었다. 회장한테 질문을 하나 받았지. 마지막에 가서는 기대하고 있겠다더군."

"거짓말이지?!"

세인의 말에 알리시아가 경악했다.

"그게 사실이야? 그 회장이 너한테 기대하고 있겠다고, 정말 그렇게 말했어?"

67

"어, 어어. 분명히 말했다. 뭐, 진위는 모르겠다만."

"회장은 거짓말 같은 거 안 해. 하지만…… 믿기질 않아. 그 회장이……?"

"……그렇게 놀랄 일인가?"

세인의 물음에 알리시아는 복잡한 표정을 지었다.

"그 회장은 말이지, 인간이 아니야. 아니, 인간인 건 맞는데……. 인간을 넘어선 괴물 같은 재능의 소유자란 말이야. 살아있는 전설이라고 해도 좋을 정도야. 두뇌도, 완력도 초인급. 이 학교의 학생들 전원이 덤벼도 생채기 하나 못 내지 않을까."

"그렇게나 강해?"

"강해. 나도, 그 회장도 초등부 때부터 이 학교에 다녔지만, 그 사람이 누구한테 지는 모습은 단 한 번도 본 적이 없어. 머리도 좋거니와 학생회장으로서도 평가가 높아. 다만, 다른 학생들과 실력이 워낙 동떨어져 있다 보니, 뭐랄까, 다가서기가 힘들지. 본인도 업무 이외는 다른 학생과 관계를 맺으려 하지 않고. 누구한테도 흥미를 보이지 않는 차가운 인상이 있단 말이야. ……그런 회장이 너한테 기대한다고 말했다니, 솔직히 믿기지 않아. 나만 그런 게 아니라 초등부부터 올라온 애들이라면 다들 똑같은 심정일 거야."

"……과연. 즉, 그 회장은 상당한 안목을 지닌 인물이라는 뜻이군."

어딘가 거만한 미소를 지은 세인은 계속해서 말했다.

"이 몸의 실력을 꿰뚫어 보다니……. 크큭, 그 사내도 제법이구나."

"……솔직히 털어놔. 지어낸 이야기지? 아니면 적당히 부풀렸거나."

"지어내지도 않았고, 부풀리지도 않았어!"

그런데도 의심의 빛을 거두지 못하던 알리시아는 이내 시선을 밑으로 떨구었다.

"좋겠구나, 너는. 인정받아서."

알리시아가 작게 중얼거렸다. 직후, 면담 준비가 끝났는지 알리시아가 호명되었다.

"그럼 다녀올게."

평소보다 어두운 표정으로 면담실의 문을 여는 알리시아. 세인이 그녀의 모습을 바라보며 뭐라고 말을 붙여야 할지 고민하는 사이, 문은 닫히고 말았다.

"……세인 님, 왠지 기운이 없네요?"

메리아가 세인 이외에는 들리지 않을 만큼 작은 목소리로 물었다.

"메이드는 전부 다 꿰고 있구나."

"뭐, 오랫동안 시중을 들어 왔으니까요. 면담에서 무슨 말이라도 들으셨나요?"

배려심이 묻어나는 메리아의 목소리에 세인은 머뭇머뭇

입을 열었다.

"지금까지 무엇을 하며 살아왔냐는 질문을 들었다. 나는 아무런 대답도 하지 못했지. ……정말로 난 무엇을 하며 살았던 걸까. 여신의 가호에만 의지한 채, 정작 자기 단련은 하지 않았으니까. 마력측정에 체력측정까지. 그런 결과가 나오는 게 당연해."

"……세인 님은 지금껏 열심히 살아오셨잖아요."

"열심히는 무슨. 나는 스스로 노력해서 익힌 기술이 하나도 없어."

어릴 적 절대적인 힘을 하사받은 이래 그것을 당연하다는 듯이 행사해 왔다. 세인은 자기도 깨닫지 못한 사이 그힘을 전제로 살아왔다. 그리고 힘을 떠나보낸 지금, 자기자신의 능력이 여실히 드러나고 말았다.

자기 자신을 비하하는 세인의 모습을 메리아는 평소와달리 걱정스럽게 바라보았다.

"계획했던 일이라고는 하지만……. 정말 어둠의 계보를 적성으로 삼으실 생각인가요?"

"그래. 그것이 암흑기사가 되기 위해서 가장 효율적인길이니까."

"……알겠습니다."

완고하기만 한 세인의 태도에 메리아가 쓴맛을 다시며수긍했다.

마력측정 당시, 세인은 자신의 계보를 위조했다. 그 검사는 피험자가 기본 상태라는 것을 전제로 행해진다. 특정한 속성을 의식해서 검사를 치르면 올바른 검사결과 대신 의식한 속성의 결과가 표시되는 것이다.

 하지만 원래 이런 짓은 그 누구도 하지 않는다. 적성을 속이는 행위는 결국 자신에게 불리하게 작용하기 때문이다. 앞으로 세인은 어둠의 계보를 지닌 학생으로서 학교의 교육 커리큘럼을 이수해 나가게 될 것이다. 다른 이들이 적성에 맞는 교육을 받는 가운데 세인만이 적성과 무관한 교육을 받아야 한다. 의욕이 받쳐준다 한들 학습 속도는 떨어질 수밖에 없다.

 "이건 조금 다른 이야기인데요. 그 학생회장, 실제로는 어땠을까요?"

 "뭐가?"

 "정말로 세인 님의 실력을 꿰뚫어 본 거라면 큰일이잖아요."

 "설마, 그럴 리가. 그 남자가 무슨 생각을 하고 있었는지는 모르겠다만, 지금 나는 보시다시피 전신에 봉인구를 착용하고 있는 상태야. 어떤 수단을 동원하더라도 여신의 힘을 느낄 수는……."

 반지와 목걸이 등의 봉인구를 내려다보며 세인이 말했다. 하지만 벨트에 늘어트린 은색의 사슬을 만진 순간, 세인의 눈이 휘둥그레졌다.

"……망가져 있어."

사슬의 이가 빠져 있었다. 세인은 미간을 찌푸렸다.

"뭔가 짐작 가는 건 없나요?"

"전혀. ……큰일 났군. 이렇게 빨리 망가질 줄은 생각지도 못했다. 아직 대체 수단도 없는데."

"내구성에는 자신이 있다고 하지 않았던가요?"

"물론이지. ……뭐야, 그 눈은. 정말이래도. 실제로 내구력 테스트에 참여해서 봤는데, 정말로 튼튼했단 말이다. 웬만해서는 망가지지 않아. ……아마도."

하지만 망가져 버린 이상 대체할 물건이 필요했다. 다행히 파손된 봉인구는 하나뿐. 마력측정 당시에는 무심코 무리를 하고 말았지만, 이는 주의하면 해결될 문제다.

봉인구에 대해 고심하고 있자니, 면담실의 문이 열리며 안에서 교장이 걸어 나왔다. 아직 면담이 한창이었을 터인 교장은 세인의 모습을 발견하고는 이쪽으로 다가왔다.

"세인, 잠깐 괜찮은가?"

"……마침 잘 됐군. 나도 부탁하고 싶은 것이 있던 차였거든."

"호오? 그럼 장소를 옮기세나."

교장의 제안에 세 사람은 다른 학생들에게서 멀리 떨어진 위치로 이동했다.

"아직 면담 중인 게 아니었나?"

"걱정하지 말게. 내가 없어도 잘만 굴러가니까. ……묻고 싶었던 것은 학교의 결계에 관해서일세. 작업은 무사히 끝났는가?"

"그래. 부탁받은 대로 강화해 뒀다."

"오오, 그거 다행이군. 역시 성기사님이야."

"……그 호칭으로 부르지 마. 지금의 나는 단순한 학생이다."

"이거 곤란하게 됐는걸. ……따지고 보면 나보다 자네가 훨씬 윗사람 아닌가. 자신보다 높은 사람을 내색하지 않고 대한다는 건 꽤 어려운 일이야. ……결계의 강화, 고맙게 생각하네. 약속대로 이쪽도 자네의 정체에 대해서는 가능한 한 비밀로 해두겠네. 단, 은폐하는 데도 한계는 있어. 부디 무모한 짓은 하지 말아 주게."

"주의하지."

"그래서, 부탁이란?"

"아, 실은 봉인구가 망가져 버렸거든. 대체할 게 있다면 좋겠는데……."

"흠, 확실히 시급한 문제로군. 알겠네. 자네가 지금 차고 있는 것처럼 빛의 마법을 차단하는 물건이면 되겠나?"

"맞아. 그거면 충분해."

"그럼 바로 수배하도록 하지."

봉인구에 관한 문제는 어떻게든 될 듯했다. 세인은 안도하며 가슴을 쓸어내렸다.

"그나저나 자네의 차림 말인데……. 봉인구를 달아야 하니 복장의 자유를 인정하기는 했네만……. 좀 화려한 거 아닌가? 솔직히 꽤 튄다네."

"그런가? 이래 봬도 최대한 수수하게 입은 편인데……."

"……다른 교사들을 설득하는 내 입장도 돼 보게나."

교장이 이마에 손을 짚으며 말했다.

"봉인구는 오늘 중에 자네 기숙사로 전달하지. 그때까지만 기다려 주게."

교장은 세인에게 귓속말로 속삭인 뒤 면담실로 발걸음을 돌렸다.

다음 날 아침. 딱딱한 침대에서 눈을 뜬 세인은 얼룩투성이인 천장을 보며 이곳이 학교 기숙사라는 사실을 기억해냈다. 잠기운을 털어내기 위해서라도 곧바로 몸을 일으켰다.

"……오늘은 안 나왔군."

세인이 메마른 목소리로 중얼거렸다. 항상 꾸던 꿈을 오늘은 꾸지 않았기 때문인지 살짝 밋밋한 아침이었다.

커튼을 펼치자 하얗게 물든 하늘이 보였다. 아직 이른 아침이지만 세인에게는 반드시 해야만 하는 일이 있었다.

우선은 머리 세팅이다. 한쪽 눈을 자연스럽게 가리도록 절묘한 머리 모양을 다듬어낸다. 다음으로 봉인구를 정성스레 착용한다. 반지와 목걸이는 기본 중의 기본. 미묘하게 모양이 다른 양쪽 귀고리에, 상하로 교차하는 특제 벨트, 그리고 벨트에 다는 체인 등등. 온갖 봉인구를 주렁주렁 부착해 나간다. 마지막으로 세인은 벽에 걸려 있는 칠흑의 학생복을 바라보았다.

"훗, 언제 봐도 반할 정도로 멋진 옷이다."

거울 앞에서 몇 종류의 포즈를 취해가며 부자연스러운 점이 없는지 확인했다. 그러고는 화장실에 놓여 있는 물뿌리개를 집어 들고 베란다 밖으로 나갔다.

예쁜 꽃을 피운 화분에 물을 주는 세인.

"귀여운 녀석 같으니."

한동안 그윽한 눈으로 화분을 쳐다본 뒤, 세인은 방을 나섰다.

참고로 화분에 심은 꽃의 이름은 제시카. 세인은 식물에 사람 이름을 붙이고는 했다.

"잘 주무셨어요? 세인 님."

방을 나서자 메이드복을 입은 메리아가 대기하고 있었다.

"그래, 좋은 아침이다."

제니퍼 왕립 마법 학교의 학생 기숙사는 남녀 혼합으로, 규모가 무지막지했다. 학생들의 숫자는 초등부만 2천 명,

중등부, 고등부까지 포함하면 5천 명에 달했다. 기숙사는 몇 동으로 나누어져 있었고, 세인과 메리아는 본인들의 희망으로 같은 기숙사의 방을 나란히 배정받았다.

기다란 복도에 아침 햇살이 쏟아져 들어왔다. 세인은 눈을 가늘게 뜨며 바깥의 경치를 바라보았다.

"훗, 나쁘지 않은 아침이군. 허나 나는 어둠의 권속. 결국, 어울릴 수 없는 관계다."

"우와······. 아침부터 그런 대사는 좀 신물이 나네요."

메리아가 얼굴을 찡그렸다.

"오늘도 꿈속에서 여신님과 대화를 나눈 건가요?"

"아니, 오늘은 나오지 않았어. 아무래도 입학 첫날이다 보니 배려를 해 준 거겠지."

"여신님도 성장하셨네요."

"그래. ······다만, 인간이 여신의 성장을 지켜봐 줘야 한다니, 납득이 안 돼······."

"그 여신님, 세인 님을 너무나 좋아하는 바람에 머리가 좀 이상해졌으니까요······."

복도를 걸어가며 세인과 메리아는 같은 인물에 대해 회상했다.

"그나저나 메이드여. 굳이 내 옆방으로 올 필요는 없었을 텐데."

"만약을 위해서예요, 만약을 위해서. ······사실 학교 측에는 세인 님과 같은 방을 희망한다고 전달해 두었지만요."

"으, 바보 취급하지 마라. 너한테 그렇게까지 고생을 시킬 생각은 없어."

"…………딱히 돌봐드릴 생각만으로 그런 건 아니에요."

"혹시 방값을 절약하려고? 끄악?! 어, 어째서 때리는 거냐……."

"세인 님 바보. …………여신님한테만 헤실거리고."

새로운 대륙에 정착한 탓인지 메리아의 언동은 나날이 이상해져 갔다.

참고로 룸 쉐어 자체는 희망만 하면 가능했다. 하지만 남녀가 한방에서 묵는 것은 그 이전의 문제였기에 학교 측은 메리아의 요구를 각하했다.

식당에서 간단히 아침 식사를 마친 뒤, 두 사람은 학교로 향했다. 학생 기숙사는 학교 용지 바깥에 있으므로 등교하기 위해서는 성 밑 마을을 가로질러야 했다. 돌로 포장된 완만한 언덕길을 제니퍼 왕립 마법 학교 학생들이 걸어 올라가고 있었다.

세인과 메리아는 입학식이 행해지는 강당으로 들어섰다. 어제 마력측정을 받은 장소다.

강당에는 수많은 접이식 의자가 늘어서 있었다. 어디에 앉든, 자유였기에 세인 일행은 단상이 잘 보이는 중앙의 자리로 향했다. 그리고 그곳에서 낯익은 금발의 소녀와 만났다.

"아, 두 사람. 좋은 아침."

알리시아가 이쪽을 발견하고 인사해 왔다.

세인과 메리아는 가볍게 묵례한 뒤 그녀에게 다가갔다.

"너는 오늘도 그 차림이구나……."

"당연하지. 나한테는 이게 교복이니까."

물론, 사복도 사정은 별반 다르지 않았다.

적당히 대화를 나누고 있자니 교감과 교장이 단상에 모습을 드러냈다.

"지금부터 중등부 1학년 입학식을 시작하겠습니다."

교감이 간단한 인사를 마쳤다. 그리고 곧 교장이 연단에 섰다.

"어제는 능력측정을 치르느라 고생들 했네. 이미 면담에서 얼굴을 맞댔네만, 이참에 다시 한번 자기소개를 하도록 하지. 내 이름은 몰트 다틴스. 교장을 맡은 자일세.

익히 알다시피 이 학교는 일부 예외를 제외하면 그 어떠한 학생도 거절하지 않는다네. 예를 들어, 이 학교에는 두 종류의 교회가 있지. 서대륙의 비시테리아교와 동대륙 전토에 널리 퍼진 샤르테갈리아교가 그렇지. 학교 대부분은 한쪽만 받지만, 우리 학교는 모든 신자를 받아들이고 있다네. 물론, 종교가 없는 학생도 환영하고 있지. 주위를 둘러보면 알겠지만…… 다양한 사람들이 있을 걸세. 그들과 함께 지내면서 견문을 넓히길 기대하고 있겠네.

제니퍼 왕립 마법 학교가 자랑하는 것은 학생 수뿐이 아니야. 겉멋으로 이름을 떨치고 있다고 생각하면 오산일세. 국내…… 아니, 대륙 제일의 환경이 갖추어져 있지. 미궁이 가장 대표적인 예일세. 마물과 보물이 가득한 미궁은 막대한 자원이 잠들어 있는 만큼 각국이 소유권을 다투고 있다는 건 모두 알고 있겠지. 그런 미궁을 일개 학교가 소유하고 있는 걸세. 정말 희귀한 경우지. 학생이라면 누구든 자유롭게 탐색할 수 있으니 꼭 도전해 주길 바라네.

또한, 우리 학교는 왕도의 모험가 길드와 제휴를 맺어 몇몇 의뢰를 알선받고 있다네. 즉, 학생들은 학생 신분으로 사회적인 실적을 쌓아나갈 수 있다는 뜻일세. 덕분에 우리 학교 졸업생들의 진로는 꽤 밝은 편이야. 작년 졸업생 중에는 로우리바니아 왕국 근위기사단에 입단한 자도 있지. 나로서도 어깨가 으쓱해질 따름이라네."

교장 몰트가 학교의 영광스러운 모습을 설명해나가는 가운데, 청중인 학생들은 그 이면에 듣기만 해도 가혹한 시련들이 도사리고 있다는 사실을 이해하고 있었다. 확실히, 설명만 듣자면 최고봉의 환경을 지닌 학교라 할 만했다. 하지만 제니퍼 왕립 마법 학교의 이명은 다름 아닌 인외마경. 미궁도, 길드의 의뢰도 단지 가혹한 환경을 제공한다는 이유만으로 있는 것이 아니다. 엄연한 수업 재료다.

즉, 학생들은 자신의 의사와 관계없이 무조건 이용해야만 한다는 뜻이다. 그만큼 혹독한 시련이 기다리고 있었다.

교장이 물러나고, 앞으로의 일정에 대한 교감의 간단한 설명을 끝으로 입학식이 종료되었다. 학생들은 뻐근한 팔다리를 쭉 펴고는 자리에서 몸을 일으켰다.

"우리도 움직이자."

이제 곧바로 수업이 시작될 예정이었다. 단, 우선 반 배정이 먼저였다. 학교 건물 앞에 수많은 학생이 모여 있었다. 그들이 둘러싼 목제 게시판에는 배정 결과가 적혀 있다. 어제의 능력측정 결과를 고려하여 반 배정이 이루어진 듯했지만, 성적만으로 교실이 갈리는 것은 또 아닌 모양이었다.

"실력주의면 성적순으로 반을 나눠야 하는 거 아닌가?"

"그건 2학년부터야. 현시점에는 재능이 없더라도 높은 학습능력을 바탕으로 두각을 드러내는 학생들이 간혹 있거든. 앞으로 일 년은 그 녀석들이 수면 위로 떠 오르기까지 지켜보는 기간인 셈이야."

"과연. 뒤집어 말하면 올해 일 년간 성과를 내지 못하면 명실상부 낙오자라 이건가."

알리시아의 설명에 세인은 납득했다.

"자, 그럼. 나는 어느 반이려나……."

게시판의 벽보를 쭈욱 읽어나가던 세인은 자신의 이름을 발견했다. 1학년 4반이다. 주종관계를 고려한 것인지 메리아도 같은 반이었다. 그리고 조금 더 읽어내려가자 알리시아도 같은 반이라는 걸 알 수 있었다.

"윽, 같은 반이네……."

알리시아가 거북하다는 듯이 중얼거렸다.

"왜 그러지, 미스 골드여. 우리와 같은 반이면 뭔가 불편한 점이라도 있는 건가?"

"아, 아니. 저기, 그런 건 아닌데……."

"'하아, 이런 괴상망측한 신입생과 같은 반이라니. 올해는 최악이구나……'라고 생각하고 있네요."

"저, 정말로……?"

"아냐, 오해야! 아니래도! 딱히 싫어서가 아니라……!"

부정하기는 했지만, 마지막에 가서 알리시아는 말꼬리를 흐렸다.

"……금방 알게 될 거야."

어두운 얼굴로 말하는 알리시아. 세인은 고개를 갸웃했다.

교실 확인을 마쳤으므로 세 사람은 이동을 개시했다. 학교 건물의 내관은 그 외관에 걸맞게 화려했다. 넓고 청결한 환경이다. 학생들의 학습 의욕도 자연스레 높아질 수밖에 없으리라.

세인은 의욕을 불태우며 문이 활짝 열려 있는 교실 안으로 들어섰다.

그러자 교실에 있던 학생들의 시선이 집중되었다. 그들

의 시선은 알리시아, 세인, 메리아 순으로 이어졌고, 세인과 메리아에서 특히 오랫동안 머물렀다. 주목을 받는 가장 큰 원인은 세인이 마개조한 교복이었지만, 당사자인 세인은 이런저런 사정으로 이목을 끄는 데 익숙해져 있었기에 이 정도의 시선으로는 주눅 들지 않았다.

적당히 자리를 잡아 의자에 착석하는 세 사람.

"입학 축하드립니다, 여러분. 담임인 에리나 라스타니아입니다."

담임 여교사가 교단에 섰을 무렵, 교실은 거의 만석을 이루고 있었다.

"오늘은 수업 첫날인 만큼 여러분께 자기소개를 부탁드릴 생각입니다."

담임교사 에리나는 그렇게 말하며 칠판에 하얀색 글씨로 뭔가를 적었다. 이름, 간단한 인사말, 특기 마법 피로하기, 라는 세 문장이었다.

"올해 자기소개는 이 자리에서 자신 있는 마법을 한 가지 피로하는 방식으로 진행해 볼까 합니다. 미리 당부해 두겠습니다만, 경쟁이 아니에요. 그럼, 창가에 앉은 학생부터 순서대로 부탁드릴게요."

학생 신분이 아니더라도 자신의 능력을 설명하기 위해 마법을 보여주는 경우는 드물지 않다. 그 때문에 학생들은 시연용 마법을 하나쯤은 준비해 놓고 있었다. 학생들은 에리나의 설명에 크게 동요하지 않고 순조롭게 자기소개를 마쳐 나갔다.

불덩어리로 즉석에서 불꽃놀이를 해 보이는 학생. 흐르는 물을 얼려 얼음 조각상을 만들어내는 학생. 아무리 봐도 질리지 않는 광경이었다. 비슷한 또래의 아이들과 교류가 적었던 세인도 그들이 우수하다는 사실을 이해할 수 있었다. 재능에만 의지하는 자는 아무도 없었다. 이곳에 앉아있는 이들 모두가 재능을 노력으로 갈고닦은 인재들이다. 세인은 주먹을 쥐었다. 자신도 어서 그들처럼 되고 싶었다.

세인이 감탄하고 있는 사이, 메리아의 차례가 돌아왔다.

"그럼 먼저 다녀올게요."

그렇게 말하며 교단으로 올라간 그녀는 아니나 다를까 무표정한 얼굴로 자기소개를 시작했다.

"메리아입니다. 저기 있는 이상한 사람의 종자이지요. 적성은 오행의 계보로, 그중에서도 화속성과 수속성이 특기입니다. 그럼 마법을 보여드릴게요."

메리아는 오른쪽 손바닥을 위로 향하며 자그만 입술로 영창했다.

"피어나 흩어져라, 물보라의 결정이여. 월터 네로."

메리아 주위에 물방울로 이뤄진 꽃보라가 불기 시작했다. 허공에서 나타난 투명하고 신비스러운 물방울이 땅으로 떨어지기도 전에 파삭, 하는 소리와 함께 바스러졌다. 영원히 계속될 것처럼 피어나서 지는 꽃보라는 가련한 아름다움을 빚어냈다. 정밀한 제어가 필요한 고난도 마법이다. 학생들은 완전히 넋을 빼앗기고 말았다.

"굉장하네요. 지금 건 뛰어난 마법 제어가 되어야만 가능한 마법이었어요. 이만한 마법을 구사해낼 정도면 메리아 씨는 분명 다른 마법에도 풍부한 소질이 있을 테지요. 앞으로의 활약을 기대합니다."

"고맙습니다."

에리나의 칭찬에 감사를 표하는 메리아. 그 모습을 바라보며 세인은 초조함을 느꼈다. 바로 앞사람이 칭찬을 받으면 다음에 나서는 자신의 부담감은 배가될 수밖에 없는 노릇이다. 심지어 메리아는 세인의 종자다. 그 주인을 향한 기대의 시선은 컸다.

질 수는 없었다. 이것은 기념할 만한 학교생활 데뷔다.

메리아와 교대하듯 사람들 앞에 선 세인은 결심을 굳히고 입을 열었다.

"세인 포스티스. 보시다시피 타천사의 힘을 계승하는 자다."

우와 깼다. 하고 교실 어딘가에서 질색하는 목소리가 들려왔다.

"내 안에는 강대한 어둠의 힘이 잠들어 있다. 허나, 강대하기에 아직 그 힘을 제대로 다루지 못하고 있다. 학교를 찾아온 것은 이 어둠의 힘을 길들이기 위해서다. ……서론은 이 정도로 해 두지. 마지막으로 마법을 보여주겠다."

약삭빠르게도 세인은 현재의 미숙한 실력을 정당화하기 위해 설정을 만들어냈다. 세인은 교실 안의 학생들에게 잘 보이도록 손바닥을 벌려 마법을 구사했다.

"……다르크."

펑, 하고 세인의 손바닥에서 주먹만 한 검은 구체가 나타났다. 어둠의 초급마법 '다르크'는 어둠의 마법을 응축시켜 발사하는 극히 간단한 마법이다. 연비도 조작 정밀도도 매우 낮다. 초급마법에 해당하는 만큼 초등부 학생들조차 간단히 배울 수 있는 마법이었다.

그런 간단한 마법을 피로해 보인 세인은 만면에 미소를 짓고 있었다.

"해, 해냈다! 성공했어! ……핫?!"

환희에 젖어 들뜨던 세인은 학생들의 싸늘한 시선에 자신의 실수를 깨달았다. 세인은 허둥지둥 수습에 나섰다.

"저, 절대로 잊지 마라. 내 안에는 사나운 짐승이 잠들어 있다. 부부, 분수에 맞게 행동하도록……."

학생들은 떨리는 목소리로 말을 마치는 세인을 어이가 없다는 듯이 바라보았다.

"……홋. 웃고 싶거든 마음껏 웃어라."

자리에 앉은 세인은 자조하며 옆자리의 알리시아에게 말했다. 하지만 예상과는 달리 알리시아는 그 어두운 표정을 조금도 풀지 않고 자리에서 일어났다.

"어떻게 웃을 수 있겠어……."

무거운 목소리로 알리시아가 중얼거렸다. 그녀는 가라앉은 표정 그대로 자기소개를 시작했다.

"알리시아 레미아입니다. 그럼 마법을 사용하겠습니다."

세인과 메리아는 알리시아와 만난 지 하루밖에 되지 않은 사이였지만 그래도 어느 정도는 그녀의 됨됨이를 이해하고 있었다. 그 담백한 자기소개는 썩 그녀답지 않다는 생각이 들었다.

"겁화여, 모든 것을 불태워라. 플레어."

알리시아의 손바닥을 기점으로 거대한 불덩어리가 생성되었다. 세인의 다르크와 비슷한 원리를 가진 마법이지만 그 규모는 세인에게 비할 바가 아니었다. 인간의 머리만 한 불덩어리는 안정된 구 형태를 훌륭하게 유지하고 있었고, 밀도도 높아 보였다. 하지만 알리시아는 그런 자신의 마법에 어딘가 죄책감을 느끼고 있는 것처럼 보였다.

"빛의 마법은 왜 안 쓰는 거야!"

그때, 뒤쪽에 앉아있던 학생이 외쳤다.

"어째서 불의 마법 따위나 사용하고 있는 건데! '빛의 일족' 주제에!"

"거기, 조용히 하세요!"

교사가 학생을 다그쳤다. 결국, 그 학생은 입을 다물었지만, 알리시아를 비난하는 목소리는 교실 곳곳에서 흘러나오고 있었다. 당연히 세인과 메리아의 귀에도 잘 들렸다.

"……이상입니다."

악의로 가득 찬 학생들의 손가락질을 받으면서도 알리시아는 제대로 반박하지 않았다.

알리시아는 분한 듯 아랫입술을 깨물며 자리로 되돌아왔다.

자기소개가 끝나고, 학교는 점심시간을 맞이했다. 세인과 메리아는 주눅 든 알리시아를 잘 타이른 뒤 그녀의 안내를 받아 학교의 식당으로 향했다.

"미안해. 지금까지 말 못 해서."

테이블에 놓인 식사에는 손도 대지 않은 채 알리시아가 작은 목소리로 사과해 왔다.

"이게 내 마력측정 결과야."

그렇게 말하며 알리시아는 테이블 반대편에 앉아있는 세인과 메리아에게 마력측정 결과가 기재된 작은 용지를 보여주었다. 그곳에는 '빛의 계보. C랭크'라고 적혀 있었다.

"레미아 가문…… 우리 가문은 빛의 일족이야."

간결하기 그지없는 알리시아의 설명. 하지만 그것만으

로도 두 사람은 알리시아의 사정을 대강 이해했다.

계보는 핏줄에 의해 좌우된다. 즉, 특정 계보의 핏줄만을 이어받으면 자손이 그 계보에 속할 확률이 상승하는 것이다. 빛의 일족은 빛의 계보를 낳기 위한 가문인 셈이었다. 짐작건대 알리시아의 아버지도, 어머니도 그들의 조부모도 빛의 계보에 해당할 터였다.

"빛의 일족에게 있어 빛의 계보에 속하지 못한 자손은 수치 그 자체야. 다행히 나는 빛의 계보였어. 하지만…… 빛의 마법을 사용하려고 하면 어찌 된 영문인지 불의 마법이 나가."

"뭐라고?!"

알리시아의 설명을 들은 세인은 놀라움에 못 이겨 테이블을 짚고 벌떡 일어났다.

"계보 간의 골은 깊다. 조금 전 자기소개에서 네가 보여주었던 불의 마법……. 그건 농담이 아니라 정말로 훌륭한 완성도였어. 오행의 계보가 아니라면 불의 마법을 그 정도로 다뤄내기란 불가능해!"

세인은 경악했다.

적성을 무시한 마법의 습득. 그것은 그야말로 세인의 소원 그 자체였다. 꿈을 뒤쫓다 커다란 벽에 직면한 세인이었기에 알리시아가 얼마나 이질적인가를 이해할 수 있었다.

"잘 다루고 있는 게 아니야. ……실제로 보여주는 편이 빠르겠네. 플럭스."

알리시아가 불의 초급마법 '플럭스'를 사용했다. 손바닥 위에 자그마한 불구슬이 나타났다.

"만져봐."

"……뭐?"

"됐으니까, 얼른. 손 좀 빌릴게."

"기, 기다려! 멈춰! 끄아아아아악, 뜨겁……지 않네?"

팔을 붙잡혀 불구슬에 왼쪽 손가락을 푹 찔러넣게 된 세인. 하지만 신기하게도 불구슬에 닿은 손가락은 눈곱만치도 뜨겁지 않았다. 뜨겁기는커녕 따스하니 기분 좋았다.

"내 화염 마법은 겉보기만 그럴듯해. 뭔가를 태울 수가 없어. 이 수프를 데우는 것조차 불가능하지. ……기껏해야 위협하는 게 고작이야."

테이블 위에 놓인 수프 그릇을 손가락으로 툭툭 두드리며 알리시아가 말했다.

"어제 일 말인데. ……네가 침입자가 아니라는 사실을 알았을 때, 솔직히 구사일생한 기분이었어. 진짜 침입자였다면 나로서는 어찌할 방도가 없는걸."

당장이라도 울음을 터트릴 것만 같은 얼굴로 고백하는 알리시아.

"미안해. 실은 좀 더 빨리 털어놓고 싶었는데……."

"……말하기 힘들었을 테지. 털어놓지 못한 것도 무리가 아니야."

"오히려 세인 님이 유례없이 뻔뻔한 편이라고요. 마력측정에서 F랭크라니, 다른 사람이었으면 평생 방구석에 틀어박혀 버릴걸요."

"메이드여. 나한테는 어째 방구석에 틀어박혀 있으라는 말처럼 들린다만?"

언제나처럼 뜬금없이 튀어나온 메리아의 독설에 세인이 딴죽을 걸었다. 그런 두 사람의 변함없는 태도를 본 알리시아는 그만 웃음을 터트리고 말았다.

"너희들은 내 이야기를 듣고도 여전하구나."

알리시아 표정이 풀어진 것을 보고 세인과 메리아 또한 살며시 미소지었다.

"미스 골드는 어떻게 생각하고 있지? 불의 마법을 다룰 줄 알게 되면 그것으로 만족할 건가? 아니면…… 빛의 마법을 동경하고 있나?"

그 질문에 알리시아는 고개를 숙이고 입을 움직였다.

"……학교 선생님들은 다들 불의 마법을 배우라고 권해 주셨어. 발동할 기미조차 보이지 않는 빛의 마법과는 다르게, 불의 마법은 일단 겉모습만이라도 구현할 수 있으니까. 사용법이 잘못되었을 뿐, 노력하면 분명 불의 마법을 다룰 수 있게 될 거라고."

거기서 잠깐의 뜸을 들인 뒤, 알리시아는 숙이고 있던

고개를 치켜들었다.

"하지만 난 빛의 마법을 사용하고 싶어."

알리시아의 눈동자는 살짝 흔들리고 있었지만, 그곳에는 흔들림 없는 결의 또한 담겨 있었다.

"이런 날 응원해 주는 사람들도 있어. 주로 가족들이지만. ……아버지도, 어머니도 내게 억지로 강요하지 않았지. 가문의 핏줄이 끊어지더라도 내가 행복하다면 그것으로 충분하다고 말씀하셨어. 하지만 역시 나는 두 사람의 기대에 부응하고 싶어. 선조들을 위해서도. 가족들을 위해서도. 나는 빛의 일족으로서 당당하게 힘을 얻고 싶어. ……그게 내 목표야."

"그랬군……."

머뭇거리며 설명하는 알리시아에게 마음대로 흘러가지 않는 현실에 대한 고뇌와 앞으로 나아가고자 하는 희망이 동시에 전해져 왔다. 세인은 진지한 얼굴로 알리시아를 쳐다보았다.

"미스 골드여. 네가 그 고민을 떠안게 된 것은 몇 살 무렵부터지?"

"어? 아마 열 살 때였을 거야. 그때까지는 아직 가능성이 있다고 믿고 있었거든."

"그럼 내가 아슬아슬하게 빨랐군."

그렇게 말하며 이번에는 세인 쪽에서 이야기를 시작했다.

"나도 너와 동류다. 나는 수년 전부터 '어떤 것'을 얻고자 애써 왔지. 하지만 나는 아직도 그것을 손에 넣지 못했고, 수중에 남은 것이라고는 관계없는 부산물뿐. 사실대로 말하자면 이 학교에 온 이유도 그 때문이다. 나는 내가 원하는 것을 얻기 위해 이곳의 학생이 되었지. 자기소개할 때는 내 안에 잠들어 있는 어둠의 힘을 길들이기 위해서라고 말했지만, 그건 거짓말이다. ……속여서 미안하다."

"아니, 그 자기소개는 처음부터 믿지도 않았는데."

"어?"

"응?"

"……뭐, 좋다."

딱히 좋지 않았다. 꽤 깊은 상처를 입었지만, 지금은 생각하지 않기로 했다.

"어쨌든! 선구자인 이 몸께서 네게 한 가지 어드바이스를 해 주지! 알았나, 잘 들어라. 네가 빛의 마법을 원하는 이상, 그것을 쟁취하기 전까지는 절대로 다른 유혹에 넘어가지 마라. 만약 뭔가가 네 수중에 굴러들어오더라도 그건 전부 가짜라고 생각해라. 받아들이면 끝이다. 그건 틀림없이 너를 타협의 길로 이끌 테니까."

"어, 구체적으로 말하자면……?"

"인간은 적의에 민감하게 반응한다. 따라서 누군가가 적의를 갖고 접근해도 거절할 수 있지. 하지만 어중간하게 같은 편에 서는 존재는 정말로 성가시다. 아차 하는 사이 네 목표를 잊고 함께 휩쓸려 떠내려가게 되겠지. ……그러한 것들에 주의하라는 뜻이다. 그것이 신념을 관철해 나가는 요령이라고 난 생각한다."

세인이 팔짱을 낀 자세로 경각심을 담아 말했다.

비슷한 고민을 지닌 알리시아라면 분명 전해질 것이라고 세인은 믿었다. 알리시아는 휘둥그레 뜬 눈으로 세인의 얼굴을 빤히 쳐다보았다.

"있잖아…… 다시 말해서, 응원한다는 거지?"

"그래."

"나를, 저기, 바보 취급하지 않는 거야?"

"바보 취급할 리가 없잖아. 말했을 텐데. 나와 너는 동류라고."

"……그렇구나."

알리시아는 수프를 휘젓던 손을 멈추고 등받이에 털썩 몸을 기댔다. 목을 뒤로 젖히고서 천장을 멍하니 쳐다보는 그녀.

"교실에서도 느꼈지만…… 의외인걸. 세인은 꼴사나운 짓만 골라서 할 것 같은 타입이면서 사람이 좋다고나 할까, 고민을 잘 받아준다고나 할까, 그 뭐냐……."

상담에 응해준 세인을 다른 것에 빗대어 표현하고 싶은 모양이었다. 천장을 비스듬히 올려다보며 어울리는 단어를 찾는 소녀의 모습에 세인은 약간 기대를 품었다.

"맞아, 신부님 같아."

"끄아아아아아아아아악!"

"어, 뭐야? 왜 그러는데?!"

"신부라니! 하필이면 신부라니!"

세인은 머리를 감싸 쥐며 비명을 질렀다.

그야말로 치명적인 일격이었다. 카운셀러나 교사 등등 여러 직업이 있건만 왜 하필이면 신부란 말인가. 그 비유만큼은 듣고 싶지 않았다.

"그러고 보니, 넌 결국 뭣 때문에 이 학교에 온 거야?"

"응? 아, 그건 말이지……."

"내가 여기까지 이야기했는데 설마 숨기지는 않겠지?"

딱히 숨기고 있지는 않았다. 모국에서는 사정상 숨길 수밖에 없었지만 그러한 사정들로부터 자유로워진 지금은 얼마든지 알리고 다녀도 문제 될 건 없었다.

"나는 암흑기사가 되고 싶다."

세인은 자신만만하게 선언했다.

"암흑기사라면…… 그 암흑기사?"

"그렇다."

"그건………… 응원하기 힘들겠는걸."

"어째서?!"

"그렇지만 암흑기사인걸……. 성기사와 쌍벽을 이룰 정

도로 유명하지만, 그렇다고 암흑기사를 목표로 하는 사람은 별로 없잖아?"

"그건…… 성기사는 착한 이들을 구원하는 기사인데, 암흑기사는 악을 벌하는 기사라서 하는 말인가?"

"뭐, 그렇지."

이 세상을 떠받치는 두 신, 여신 비시테리아와 남신 샤르테갈리아. 성기사와 암흑기사는 각각의 신에게 선택받은 자들로, 세상에서 둘 뿐인 신의 가호를 받은 인간이다. 단, 이 두 신은 애초에 상징하는 바부터가 다르다.

비시테리아가 '선한 자를 구하는' 신이라면 샤르테갈리아는 '악을 벌하는' 신이다. 그리고 이는 성기사, 암흑기사에도 영향을 끼쳤다. 성기사는 사람들을 구하는 능력을 부여받기에 그 활약상은 그야말로 영웅, 용사라 해도 과언이 아니다. 한편, 암흑기사는 세상을 위협하는 악인과 마물을 쓰러트리는 데 특화되어 있다. 활약하면 할수록 엄청난 양의 피와 원한이 뒤따르는 것이다. 어느 쪽도 마찬가지로 신에게 선택받은 기사지만, 선망의 대상이 되는 것은 단연 성기사의 몫이었다.

"흥, 아무것도 모르는군! 그 불길한 오라와 모든 것을 집어삼키는 심연과도 같은 마법. 대체 얼마만큼의 어둠이 그 몸에 깃들어 있을지. 위대한 악마와 계약하고 있는 것인지도 몰라. 정말이지, 암흑기사의 훌륭함도 이해하지 못하다니. 실로 불쌍한 계집이다."

"아니, 딱히 불쌍하지 않은데. ……아아, 그래도 대충 알아들었어. 그래, 그런 거구나. 네가 여러모로 이상해진 이유는 전부 그것 때문이구나. ……메리아, 고생이 많지?"

"맞아요……. 정말로…… 고생이에요……."

두 사람은 뭔가가 통하는 눈치였지만 세인은 전혀 이해할 수가 없었다.

"바보 취급할 생각은 없어. 하지만 암흑기사가 되고 싶다고 쳐도 구체적으로 어떻게 될 생각인데? 성기사와 암흑기사는 신에게 선택받아야 될 수 있는 거잖아? 아니면…… 그 기사한테 직접 힘을 건네받는 방법도 있던가?"

"그 말대로다. 잘 알고 있는걸."

"이 정도는 일반 상식이야."

"……성기사와 암흑기사가 되면 신의 가호로 마법이 강화된다는 사실을 알고 있나?"

"응. 그것도 유명한 이야기니까. 성기사가 빛의 마법이고, 암흑기사가 어둠의 마법이지? 그래서 각각 빛의 계보 최상위 실력자, 어둠의 계보 최상위 실력자라고 불리잖아."

"맞아. 즉, 바꿔 말하면 암흑기사는 세상에서 가장 강력한 어둠 속성 마법사라는 뜻이다. 하지만 만일 암흑기사보다 더욱 강력한 어둠 속성의 마법사가 나타난다면? ……아마도 암흑기사는 그 자에게 힘을 양도하겠지. 암흑기사의 힘을 더욱 능숙하게 다룰 수 있을 테니까."

"자, 잠깐 기다려. 그래서 뭔데? 너는 암흑기사보다 높은 수준의 어둠의 마법을 습득하겠다는 거야? 상대는 신에게 힘을 부여받았는데 그것을 인간의 힘으로 넘겠다는 소리야?"

"그렇다. 아마도 길은 그것밖에 없어."

"……당대 암흑기사의 환심을 사보겠다든가 하는 생각은 안 해봤어?"

"신에게 선택받은 기사가 단지 친한 사이라는 이유만으로 힘을 물려줄 리가 없지. 어느 시대든 가장 적합한 자가 힘을 계승해 왔다. 내가 암흑기사에 어울리는 인간이 된다면 오히려 저쪽에서 나를 찾아오겠지."

묘하게 실감이 담긴 목소리로 세인이 말했다. 알리시아는 멍하니 입을 다물었다.

"황당하게 들릴 만도 하지. 나도 험난한 길이라는 자각은 있다."

"……황당한 게 아니라 놀라고 있는 거야. 너, 평소에는 바보처럼 구는 주제에……. 아니, 지금 이야기도 충분히 바보 같기는 하지만…… 그래도 일단 일리는 있어."

"물론이지. 내 꿈에 타협이란 없어. 진심으로 바라기에 항상 진심으로 고민하고 있다. ……게다가 아무리 험난해도 상관없어. 내 꿈이니 포기할 때도 나만 정할 수 있다. 그리고 나는 절대로 포기하지 않아! 따라서…… 무적이다!"

"뭐야, 그 기적의 논법."

엉망진창이었다. 엉망진창이지만, 세인은 진심으로 말하고 있었다.

당당히 가슴을 펴는 세인의 모습에 알리시아는 키득 웃었다.

"너, 역시 단순한 바보구나."

알리시아는 마치 눈부신 것이라도 마주하듯 세인을 바라보았다.

"그래도 덕분에 힘을 얻었어. 너 같은 녀석도 커다란 꿈을 위해 애쓰고 있으니…… 나도 지고 있을 수만은 없지."

밝게 웃는 알리시아. 더 이상 그 표정에서 근심이라고는 찾아볼 수 없었다.

제2장 미궁의 시련

학교생활 이틀째.

수업은 막힘없이 진행되었다. 세인 일행은 교사의 말에 귀를 기울이며 필기를 해나갔다. 수업 과목은 도구학. 장구류나 마법의 촉매 등 도구에 관해 배우는 수업이다.

"그런데 여러분, 가장 강력한 무기란 무엇인지 생각해 본 적 있으신가요?"

에리나의 물음에 앞자리의 성실해 보이는 남학생이 손을 들었다.

"성검, 아니면 마검이라고 생각합니다."

"정답이에요."

에리나가 교과서를 넘기자 학생들도 따라서 교과서를 넘겼다.

"성검이란 여신의 가호를 받은 검을 일컫습니다. 마검은 남신의 가호로군요. 신에게 하사받지 않으면 얻을 수 없다는 잘못된 인식이 있지만, 둘 다 사람의 손으로 제조가 가능한 무기입니다. 특히 성검 쪽은 연구도 활발하게 진행되고 있으며……."

"……음?"

에리나의 설명은 계속되고 있었지만, 세인은 필기하던

손을 멈추었다.

"메이드."

"왜 그러세요?"

"내가 알고 있는 성검과 다른 것 같다만?"

"그렇네요. 이건 저도 살짝 의문이에요."

아무래도 위화감을 느낀 것은 세인뿐만이 아닌 모양이었다.

"거기, 왜들 그러시죠?"

잡담이라 생각했는지 교사가 노려보았다.

"교사여. 질문이 있다. 내가 알고 있는 성검과 네가 알고 있는 성검은 뭔가가 다른 듯하다. 성검이란 건 지방과 인종에 따라 인식에 차이가 있는 건가?"

"……그러고 보니 세인 군은 라이트릿지 성왕국에서 왔다고 했었죠. 다소 옆길로 새겠지만, 성검에 대해 조금 더 설명하도록 하겠습니다."

눈을 살짝 동그랗게 뜬 에리나가 설명했다.

"결론부터 말하자면 성검이라는 단어는 이를 사용하는 사람의 입장에 따라 달라진다는 것입니다. 조금 전에 제가 설명한 건 종교가 없는 사람들이 말하는 성검과 마검입니다. 예를 들어 비시테리아교 신자분들의 경우 여신에게 하사받은 검만을 성검이라 부르며, 인간이 만들어낸 검은 설령 여신의 가호가 담겨 있다고 해도 성검이라고 부르지 않지요. 라이트릿지 성왕국은 여신을 향한 신앙심 아래 세워진 나라니 아마 로우리바니아 왕국과 인식이 다를 겁니다."

에리나의 설명에 세인은 고개를 끄덕였다. 라이트릿지 성왕국에서 인간이 만든 검을 성검이라고 불렀다가는 반죽음을 당해도 이상하지 않을 정도다.

"그러고 보니 현재 성기사는 라이트릿지 성왕국 출신이라더군요."

"네헷?!"

기습적인 한마디에 세인은 괴상한 소리를 내고 말았다.

"세인 군은 만나본 적이 있으신가요?"

"아아아, 아뇨! 없습니다! 전혀 없어요!"

허둥지둥 대답하는 세인의 모습에 에리나는 미심쩍은 얼굴을 하기는 했지만, 굳이 캐묻지는 않았다.

한편, 이 문답을 계기로 학생들은 숙덕숙덕 잡담하기 시작했다.

"성기사는 우리와 같은 나이라나 봐."

"진짜? 세상을 몇 번이나 위기에서 구한 영웅과 똑같은 나이라니. 사는 세계가 다르네."

"성기사가 있는 덕분에 라이트릿지 성왕국은 다른 나라는 물론, 마물도 쳐들어오지 않는데. 뭐랄까, 평화의 상징 같은 존재네."

"세계 최강의 기사인걸. 누가 그런 녀석한테 싸움을 걸겠어."

"멋있다. 동경의 대상이야."

세인의 피부에 닭살이 돋았다. 들려오는 말 한마디 한마디가 낯간지러웠다.

"선생님. 성기사와 암흑기사 중 누가 더 강한가요?"

"그건…… 어려운 질문이네요. 두 기사는 대립하는 존재로 유명하지만, 저마다 구체적으로 어떤 힘을 가졌는지는 그다지 알려지지 않았어요. 다만, 성기사와 암흑기사는 각각 빛의 계보 최상위와 어둠의 계보 최상위에 해당합니다. 속성의 상성에 대해서는 이미 배우셨죠? 빛과 어둠이 어떤 특징이 있는지 아시나요?"

"어, 서로 약점이에요. 맞부딪치면 두 힘이 상쇄되죠."

"그 말대로입니다. 성기사와 암흑기사의 힘에도 이 속성 간의 상성은 적용됩니다. 빛 속성의 마법과 어둠 속성의 마법은 상호 간의 효과를 지워버리는 관계에 있으니…… 두 기사의 공격은 서로 무효가 되고 말겠군요."

"즉, 승부가 나지 않는다는 건가요?"

"두 기사의 역량이 완전히 같다면 그렇게 될 것이라고 봅니다."

질문한 학생이 고개를 끄덕였다.

"신으로부터 하사받은 성검과 마검은 현재 성기사와 암흑기사만이 가질 수 있습니다. 한편 사람이 만든 성검과 마검은 원칙적으로 국가의 관리하에 놓여 있습니다만, 사용이나 소지에 복잡한 제한은 없지요. 다만 먼 옛날에 유실되어 행방이 묘연해진 경우도 많아 철저히 관리되고 있다고 말할 수는 없는 것이 현재 실정입니다. 또한, 사람의 손으로 만든 성검과 마검은 성능도 제각각입니다. 성검과 마검은 가장 강력한 무기지만, 정말로 우수한 무기는 극히 일부임을 기억해 주시기 바랍니다.

참고로, 제니퍼 왕립 마법 학교는 로우리바니아 왕국의 허가를 받아 몇 자루의 성검과 마검을 소지하고 있습니다. 이들 중 일부는 학생들의 경쟁의식을 높이기 위해 미궁에 가져다 놓았습니다. 먼저 얻는 사람이 임자이므로 기회가 된다면 꼭 도전해 보시길 바랍니다."

미궁. 에리나는 대수롭지 않은 투로 말했지만, 그곳은 사실 목숨을 걸고 도전해야 하는 장소다.

미궁이란 바로 말해 마물의 소굴이다. 고대부터 있던 미궁들은 인류의 위협인 마물이라는 생물을 자동으로, 제한 없이 생성해내는 무서운 환경을 자랑한다. 일반적으로 마물은 미궁 안에서 생을 마감하는 경우가 태반이지만 그 수가 늘어나면 밖으로 흘러넘치는 사태가 발생한다. 이를 미리 방지하기 위해 미궁에는 정기적으로 사람이 파견되고 있다.

마물 중에는 교활하게 함정을 설치하는 녀석들도 있는

만큼 미궁은 인류에게 위험지대라 말해도 과언이 아니었다. 하지만 미궁에는 보상 또한 존재한다. 교장이 입학식 당시 설명했듯이 미궁에는 다양한 자원이 잠들어 있다. 마물을 쓰러트리면 해당 소재를 얻을 수 있으며, 미궁의 벽과 바닥에서 마물의 핵이라 불리는 광물이나 식물이 발견되는 경우도 많다. 개중에는 미궁에서밖에 얻을 수 없는 자원도 있기에 현대 인류는 미궁을 적극적으로 이용하고 있다.

하지만, 그런데도 한낱 학생이 안이하게 도전해도 될 만한 장소는 아니다.

세인이 복잡한 표정을 짓는 사이 또 한 명의 학생이 손을 들었다.

"선생님, 미궁에 놓아두었다는 검은 어떤 성능을 지녔나요?"

"성능이라……. 최근에는 빛의 마법을 강화하는 성검을 가져다 놓았죠."

에리나의 설명에 알리시아가 눈을 휘둥그레 뜨며 벌떡 일어났다.

"알리시아? 무슨 일인가요?"

"아, 그게……. 죄송합니다. 아무것도 아니에요."

학생들의 시선을 뒤집어쓴 알리시아는 쭈뼛거리며 도로 착석했다.

알리시아는 책상 밑에서 주먹을 강하게 움켜쥐었다.

"세인! 성검을 찾으러 가자!"

"……그렇게 말할 줄 알았다."

흥분한 알리시아를 보며 세인은 벌레 씹은 표정을 지었다.

"들었지? 미궁에 놓인 성검 말이야! 빛의 마법을 강화해 준다는 그거! 그것만 손에 넣는다면 나도 빛의 마법을 사용할 수 있을지도 몰라!"

눈을 반짝이며 열변하는 알리시아. 꿈을 향한 올곧은 그 자세는 세인이 보기에도 흡족한 것이었다. 하지만 세인은 복잡한 표정을 지었다.

"미스 골드. 이런 말을 하자니 몹시 괴롭다만…… 나는 패스다."

"대체 왜!"

"흥미가 없다. 누가 성검 따위를 찾으러 갈까 보냐!"

조금 전 수업에서 쌓인 울분을 토해내듯 세인이 외쳤다. 세인에게 있어 성검이란 될 수 있는 대로 멀리하고 싶은 물건이다. 그것을 찾으러 가겠다니, 생각하고 싶지도 않았다.

"아항…… 알겠다. 너, 무서워서 그러는구나?"

"……딱히 그렇지는 않아."

"그럼 뭔데."

"……훗, 너와는 관계없는 일이다."

노골적으로 이유를 숨기는 세인의 태도에 알리시아는 미간을 찌푸렸다.

"뭐야. 나를 실컷 부추길 땐 언제고. 지금은 남 일이라 이거야?"

"윽, 확실히 그랬지만……!"

그 부분을 지적당하면 할 말이 없었다. 세인은 바로 전날 무책임하게도 알리시아의 꿈을 응원해 버린 것이다.

하지만 세인에게도 세인 나름의 사정이 있었다.

"애초에 왜 나한테만 매달리는 거지! 초등부 때부터 다녔으면 나 말고도 친구가 있을 거 아냐!"

"그, 그건, 네, 네가 쓸쓸해 보이니까 그렇지! 너도 친구는 한 명도 없잖아!"

"나나나, 나는 딱히 쓸쓸하지 않아! 그나저나 지금…… '너도'라고 했나?"

"……무, 무슨 말을 하는 거람?"

"……다시 말해 너도 고독한 신세로군."

"아앗! 지금 '너도'라고 했지! 그러면 너도 외톨이라 이거네! 후후, 안심하도록 해! 나도 마찬가지니까!"

"대놓고 인정하지 마! 나는 고고한 삶을 택했을 뿐이다. 너와는 근본적으로 달라!"

"뭐래! 얼마 전에 우리는 동류라고 말했으면서!"

"그런 뜻이 아니잖아!"

과열되어 가는 말다툼. 그런 두 사람의 폭주를 멈춘 것은 주변의 시선이었다. 식은땀을 뻘뻘 흘린 두 사람은 얼굴을 마주 보며 말했다.

"……장소를 옮기지."

"……알겠어."

　이동을 마치고 머리를 식힌 세인은 다시금 알리시아에게 말했다.

"어쨌든 나는 가지 않아. ……두려워서가 아니야. 단지 성검과 내가 공존할 수 없는 관계라서 그렇다. ……만지기는커녕 가까이 다가가는 것만으로도 봉인이 풀려버려."

"……봉인이라는 게 대체 뭔데."

"훗, 내 영혼에 새겨진 금기라고나 할까."

"얘, 메리아. 이 녀석 뭐라는 거니?"

"과거의 트라우마를 말하는 게 아닐까요."

"복잡한 사연이 있다는 뜻이다! 복잡한 사연이 있으니까 일일이 캐묻지 마!"

　너무나도 직설적인 메리아의 설명에 세인이 허둥지둥 덧붙였다.

"바로 말해서…… 세인 님은 성검 알레르기예요. 성검에 닿거나 가까이 다가가면 신체에 변화가 일어나 버려요."

"뭐야, 그 특이체질은……. 뭐, 됐어. 일단, 네가 가기 싫어한다는 건 이해했어. 하지만 솔직히 말해서, 나한테는 너밖에 의지할 사람이 없어. 그러니까 부탁해!"

"거절한다. 나한테 메리트가 없어."

"이렇게 빌게!"

"안 돼."

"평생의 소원이야!"

"끈질기군."

알리시아는 거듭 고개를 숙이며 부탁했지만, 세인은 단칼에 거절했다.

하지만 이윽고 알리시아는 뭔가를 생각하는 듯한 몸짓을 보였다. 그리고 다시금 입을 열었다.

"……너 말이야, 암흑기사를 목표로 하고 있다고 말했지?"

"맞아. 그게 어쨌다는 거지."

"마검이 갖고 싶지 않아?"

"윽."

무슨 말을 하든 고개를 가로저을 작정이었던 세인은 그녀의 한마디에 크게 반응했다.

"에리나 선생님도 말했잖아. 미궁에는 성검뿐만이 아니라 마검도 있어. ……나는 성검을 원하지만 찾는 물건을 반드시 발견하리라는 보장은 없잖아? 어쩌면 탐색 중에 마검을 발견할 수 있을지도 몰라."

"으극, 으으으……."

"더구나 빛의 마법을 강화하는 성검이 있으니 어둠의 마법을 강화하는 마검도 있을지 모르지. 마검은 암흑기사의 상징이고. 너한테도 좋은 기회라고 생각하지 않아?"

"화, 확실히……."

어둠의 마법이 서툰 세인에게 어둠의 마법을 강화하는 도구란 군침이 흐를 정도로 갖고 싶은 물건이었다. 알리시아가 늘어놓는 말들은 하나같이 정론이었다.

"그리고 인간이 만든 성검과 마검은 사실 재료와 제조법이 비슷하대. 그래서 실력 좋은 대장장이는 다른 한쪽으로 바꿀 수 있다는 모양이야."

"그게 사실이냐?!"

세인의 호들갑스러운 반응에 알리시아는 살짝 놀라면서도 고개를 끄덕였다.

"으, 으응. 옛날에 성검을 잔뜩 조사해 봤거든. 틀림없을 거야."

"이럴 수가. 전혀 몰랐어……!"

분을 못 이겨 부들부들 떠는 세인. 하지만 이내 미간을 찌푸리며 생각에 잠겼다.

"잠깐……. 냉정하게 생각해 보니, 내 성검 지식이 다른 사람들만 못하다는 건 말이 안 되잖아! 게다가 사람이 만들었든, 신이 만들었든 신성력이 관건이라면 내가 해결할 수 있는 문제였어. …………그 여신, 다 알면서 일부러 다물고 있었구나! 크아아아아악! 용서 못 해! 타도 여신! 그 여자, 대체 얼마나 치졸한 거야! 그렇게나 나를 암흑기사로 만들기 싫었던 거냐!"

뜬금없이 세인이 울부짖기 시작했다.

"……있잖아, 메리아. 세인은 역시 이상한 녀석이구나."

"용서해 주세요. 세인 님은 그, 머리에 살짝 문제가 있는 분이라서요."

주위의 시선에도 개의치 않고 세인의 발광은 계속되었다. 옆에 있던 메리아와 알리시아의 대화조차 귀에 들어오지 않는 눈치였다. 그러던 세인은 불현듯 어딘가에서 한 권의 책을 꺼내 들었다. 십자가가 새겨진 심녹색 표지의 책이었다. 그것을 기세 좋게 휙휙 넘기더니, 다시 고개를 치켜들고 소리쳤다.

"서, 성전에도 전혀 언급이 없어……. 기, 길잡이는 무슨! 정작 중요한 사실은 하나도 적혀 있지 않잖아! 제길, 이딴 거! 찢어버릴 테다!"

"앗, 잠깐만요, 세인 님. 아무리 그래도 그건 좀 위험한데요."

"시끄러워! 내 앞길을 가로막는 것은 그 무엇도 살려 보내지 않겠어!"

"성전을 찢으면 제일 먼저 세인 님이 죽을걸요?"

"몰라! 그 여신 성격이 어디 가겠어? 나를 죽일 바에야 태도를 고쳐먹…… 앗, 뜨거어어엇?! 뜨거워! 뜨겁다고! 뭐야?! 가, 갑자기 뜨겁………… 이 망할 여신이이이이이! 지금까지 다 보고 있었구나아아아아!"

어느새 붉게 변해 김이 올라오는 책을 힘껏 바닥에 내동댕이친 뒤, 세인은 하늘을 향해 부르짖었다. 바닥에 부딪혀 살짝 튀어 오른 책은 그대로 공기 중에 흩어져 모습을 감추었다.

세인은 거친 호흡을 가다듬고 멍하니 서 있는 알리시아를 향해 돌아섰다.

"……방금 본 대로다. 나는 성검과 조금이라도 엮이면 이런 추태를 보이고 말지."

"아니, 방금 건 성검과 상관없잖아……."

"어쨌든, 그래도 괜찮다면 부디 동행시켜 주길 바란다. 성검을 만지지는 못하지만 찾을 수는 있으니. ……네 말대로 나는 마검이 갖고 싶다."

"갑자기 불안해지기 시작했지만…… 뭐, 지푸라기라도 잡아야지. 잘 부탁해. 나는 성검이라고 무작정 다 괜찮다는 것도 아니니까 성능에 따라서는 네게 양도할게. 그 대신 너는 나의 성검 탐색에 전면적으로 협력할 것. 알았지?"

"좋다! 내게 맡겨 둬!"

호언장담하는 세인의 모습에 알리시아는 더더욱 회의적인 시선을 보냈다. 하지만 친구가 없는 그녀로서는 세인에

게 기댈 수밖에 없었다. 몹시나 씁쓸한 이해관계가 성립된
것이다.

교섭이 끝나고 세 사람은 교실로 되돌아갔다.

가는 도중, 세인은 하늘을 향해 진지한 얼굴로 당부했다.

"알겠지? 내가 원하는 건 성검이 아니라 마검이다?"

"누구한테 말하는 거야?"

걱정 많고, 최근 들어서는 질투심까지 많아진 여자한테
하는 말이었다.

미궁을 탐색하기로 한 이후 세인 일행의 행동은 신속했다.

"먼저 준비물을 사야겠지!"

방과 후. 마을로 나오자마자 알리시아가 의욕 넘치는 목
소리로 말했다.

미궁에는 마물이라 불리는 흉포한 생물 외에도 목숨을
노리는 함정 등의 위험이 존재한다. 학교가 소유하고 있는
만큼 난도도 학생들의 수준에 맞춰져 있겠지만, 그래도 목
숨을 잃을 우려가 있다는 사실에는 변함이 없다. 세인 일
행은 필요한 도구를 갖추기 위해 성 밑 마을에서 가게를
둘러보기로 했다.

"뭘 사면 되는 거지?"

"탐색에 필요한 물건들 말고 뭐가 있겠어. 지도……는
학교에서 나눠주니까 됐고. 약이나 무기 같은 것들을 준비

해 둬야겠네. 자금에 여유가 있으면 마물용 함정도 사고 싶은걸."

"그, 그렇군. 과연."

"대답이 왜 그렇게 못 미더워."

"……미안하다. 실은 지금까지 제대로 된 탐색을 해본 적이 없거든."

"너 말이야……. 그 나이 먹도록 탐색 활동 한번 제대로 안 해봤다는 건 수행을 게을리했다는 증거라고."

면목 없다는 듯이 세인이 사과했다. 물론 '제대로 된' 탐색을 하지 않았을 뿐, 반칙 같은 탐색이라면 셀 수 없을 만큼 해봤지만 거기까지 설명하면 이야기가 길어진다.

"그러고 보니 세인은 무기로 검을 사용했던가?"

"음? 맞다. 어떻게 알고 있지?"

"너, 마력측정 때 이상한 차림을 했었잖아. 그때 검을 들고 있지 않았어?"

"아아, 그건 장식용 검이라 실전에서는 도움이 안 된다."

"평범한 검을 갖고 다녀! 어째 검이 울퉁불퉁하더라니!"

한바탕 떠들어댄 알리시아는 한숨을 내쉬고 메리아를 바라보았다.

"메리아는? 혹시 사용하는 무기가 있어?"

"무기 말이군요……. 저는 날붙이라면 웬만한 건 다 쓸 수 있어요. 참고로 지금 가진 무기는 이거예요."

메리아는 그렇게 말하며 스커트 안쪽에서 단도를 꺼내 들었다. 값싼 양산형 무기였다. 메리아는 이 단도를 항상 여러 개 들고 다녔다.

"그렇구나. ……메리아는 마법도 잘 다루니까 전위와 후위 어느 쪽이든 가능하겠네. 나는 무기 대신 마법으로 싸우는 스타일이니 후위에 서면 되려나."

"그러면 제가 전위군요. 알겠습니다. 다만, 저는 결정타가 부족한 편인지라 마무리는 알리시아 님께 맡길게요. 대신 시간을 벌거나, 상대를 교란하는 등 전투 보조는 익숙하니 맡겨 주세요."

"알겠어."

메리아와 함께 미궁 내에서의 진형을 정한 뒤, 알리시아는 세인을 보았다.

"세인은 견학하면 되겠네."

"기다려. 아무리 그래도 그건 너무 잔인하다."

"농담이야. 말했잖아, 지푸라기라도 잡고 싶은 심정이라고. 너는 척후를 맡아."

"척후라……. 앞서가서 적의 수와 진형을 조사하는 역할이로군. 알아들었다."

"할 수 있겠어요?"

"물론이다. 내가 맡은 이상 문제 될 건 없어. 어떤 역할이라도 완벽하게 수행해 보이겠다."

알리시아가 미심쩍은 눈으로 쳐다보았다. 하지만 세인은 그녀의 시선을 깨닫지 못한 채 당당히 걸어 나갈 뿐이었다.

"응? ……잠깐. 미스 골드여. 네 마법은, 저기, 탐색에 쓸모가 있나?"

식당에서 나눈 대화를 떠올린 세인이 조심스레 물었다. 알리시아의 화염 마법은 겉보기와 달리 뭔가를 불태우지 못하므로 위협용으로밖에 사용할 수 없을 터였다.

"괜찮아. 마물에는 내 마법이 통하거든."

"뭐?"

"어째서인지는 모르겠는데 마물은 잘 타더라고. 그러니까 안심해. 뭐, 대인전은 젬병이라 별 쓸모가 없지만."

알리시아의 당연하다는 듯한 말투에 세인은 고개를 갸웃했다. 그래도 같은 세대에 비해 지식이 부족하다는 자각이 있었던 세인은 묵묵히 메리아를 쳐다보았다. 메리아는 고개를 가로저었다.

"그러면 세인의 무기를 사러 가볼까."

그렇게 말한 알리시아는 망설임 없는 걸음걸이로 세인과 메리아를 가게까지 안내했다. 입구 위에는 브레스멜 공방이라고 적힌 커다란 간판이 걸려 있었다.

가게로 들어선 세인은 눈을 빛냈다.

"오, 오옷. 이게 바로 무기점인가!"

"그러고 보니 세인 님은 이런 가게에 오는 건 처음이셨죠."

다양하게 진열된 무기들을 바라보며 흥분을 금치 못하는 세인. 메리아의 말대로 세인이 무기점을 방문해 보는 것은 처음이었다. 낭만이 흘러넘치는 광경에 세인의 눈은 반짝반짝 빛나고 있었다.

"이번에 도전할 곳은 탑 형태의 미궁이야. 통로도 방도 넓으니 무기도 자유로운 편이지. 다소 크더라도 휘두를 수 있을 거야."

알리시아의 조언을 토대로 세인은 무기들을 선별하기 시작했다.

"어서 와, 알리시아."

카운터 너머에서 젊은 여성의 목소리가 들려왔다. 그쪽을 보니, 주황색 머리카락을 손수건으로 올려 묶은 소녀가 알리시아를 향해 손을 흔들고 있었다. 땀과 검댕으로 더럽혀진 모습에서 추측건대 손님이 아니라 가게의 직원인 듯했다. 알리시아는 친근하게 웃으며 대꾸했다.

"오랜만이야, 시스카. 뭐 쓸만한 무기 좀 있어?"

"그저 그래. 매년, 이 계절이 되면 학교도, 기사단도 신입 교육에 전념하는지라 마물 소재가 좀처럼 들어오질 않거든. 광석은 꾸준히 들어오고 있지만, 매상은 영 시원찮은 상태야. ……그런데 저 두 사람은?"

소녀가 세인과 메리아에게 시선을 향했다.

"소개할게. 이쪽은 세인. 그리고 이쪽은 종자인 메리아야."

"호오, 호오. 잘 부탁할게, 두 사람 모두. 나는 시스카. 이곳의 대장장이야."

"그래, 잘 부탁한다."

"잘 부탁드려요."

외관상 간판 소녀쯤 되지 않을까 싶었건만 아무래도 진짜배기 대장장이인 듯했다. 그 말인즉 주변에 진열된 무기 중 몇몇은 그녀의 작품이라는 뜻이리라.

"알리시아가 친구를 데려오다니 별일이네."

"벼, 벼벼벼, 별일이라니 누가 들으면 오해하겠다!"

"아니, 충분히 별일인걸. 작년까지 알리시아는 나와 함께 있던가, 혼자 다니던가 둘 중 하나였잖아."

"우와아아아앙! 그만해! 너희들도 듣지 마!"

울먹이며 소리치는 알리시아에게 세인은 동정의 눈길을 보냈다.

"그건 그렇고, 별종 주변에는 별종만 모인다고 해야 하나? 이렇게 말하기는 좀 그렇지만 독특한 친구들이네. ……있잖아, 두 사람은 알리시아와 어떻게 알게 되었어?"

"우리는 최근에 학교에서 만난 사이다. 그 뒤로 함께 행동하고 있지."

"어라? 두 사람 모두 학생이야?"

"음? 어딜 어떻게 봐도 학생일 텐데."

"……설마 그거, 학교 교복?"

"그렇다."

마개조한 교복을 입은 세인이 당연하다는 듯이 고개를 끄덕였다. 그래도 대장장이인 만큼 장비를 보는 안목이 있는 것이리라. 시스카는 비교적 일찍 세인의 의상이 개조된 교복임을 알아차렸다.

"그러고 보니, 세인. 혹시 그 차림으로 미궁에 들어갈 생각이야?"

"당연하지."

대답과 함께 세인은 외투를 살짝 벌려 안쪽의 내용물을 알리시아에게 보여주었다. 그곳에는 안감 대신 검은 비늘처럼 생긴 소재가 빼곡히 들어차 있었다.

"이건 주박의 옷이라고 한다. 안쪽에 사룡의 비늘이 대량으로 덧대져 있지. 인간의 어둠을 집어삼켜 극대화하는 이 옷은 그야말로 선택받은 자만이 입을 수 있도록 만들어진 물건. 마음이 약한 자가 손을 댔다가는 최악의 경우 정신이 붕괴해 버릴 가능성이 있지."

"헤에. 어디 봐봐."

"아악?! 멍청아, 관둬! 만지지 말라고 했을 텐데!"

"괜찮아. 멘탈은 자신이 있거든."

"거짓말 마! 혼자 다니는 주제에!"

"호, 혼자가 어쨌다고?! 짚이는 바가 전혀 없네요!"

짚이는 바가 있으니 이러한 반응을 보이는 것이리라.

멱살을 붙잡듯 알리시아는 외투의 안쪽을 건드렸다. 그것을 보고 안심했는지 시스카도 세인의 곁으로 다가왔다.

"세인 군, 나도 만져보면 안 될까?"

"너, 너까지 무슨 말을 하는 거냐! 이건 굉장히 위험한 물건이래도!"

"에이, 농담도 심하셔. 알리시아도 잘만 만지고 있잖아."

"어, 어이! 그러니까 만지지 말라고 했⋯⋯!"

필사적으로 외치는 세인을 무시하고 시스카가 손을 뻗었다. 하지만 손끝이 옷에 닿기 직전,

"⋯⋯어이쿠. 이거 정말로 위험한 옷이구나."

황급히 손을 뒤로 빼며 시스카가 말했다.

"무슨 소리야. 이 녀석이 하는 말의 절반은 허세라고 보면 돼."

"아니. 진짜 위험한 건데, 이거⋯⋯. 알리시아는 용케도 멀쩡하네."

"뭐어? ⋯⋯아하, 알겠다. 또 나를 놀려먹을 속셈이구나! 더는 안 넘어가! 지금까지 당한 게 얼만데!"

"어, 저기, 옛날 일은 미안하게 됐어. 그런데 이건 진짜래도."

"흥. 더는 안 넘어간다고 말했을 텐데! 옛날의 나라고 생각하면 오산이야!"

가슴을 펴고 당당하게 외치는 알리시아. 시스카는 곤란

한 표정을 지었다.

"있잖아, 세인 군. 확인차 물어보는 건데. 그거, 만지면 정말로 위험한 물건이지?"

"물론이다. 이걸 만질 수 있는 인간은 좀처럼 없어. 다만……."

"너희들, 둘이 합심해서 날 놀리는 짓은 그만둬 줄래?"

"놀리는 게 아니에요……."

평소 무표정으로 일관하는 메리아마저 얼굴을 경악으로 물들이고 있었다.

"어이, 시스카! 손님이랑 수다 떨 여유가 있거든 와서 일이나 도와!"

불현듯 카운터 안쪽에서 걸걸한 남자의 목소리가 울려 퍼졌다.

"죄송해요! 금방 갈게요!"

시스카는 허둥지둥 뒤를 돌아보며 질세라 큰 소리로 대꾸했다.

"미안, 나는 이만 돌아가 볼게. 살 무기를 정하거든 불러줘. 오늘은 알리시아의 소개도 있었으니 전 품목 2할 할인해 줄게!"

그렇게 말하며 시스카는 작업실로 돌아갔다.

소녀가 호들갑스럽게 떠나간 뒤, 세인은 툭 던지듯 알리시아에게 말을 걸었다.

"사이가 좋군."

"뭐, 그렇지. 초등부 때부터 함께 지냈으니까."

"초등부? 그러면 저 여자도 학생인가."

"엄밀히 말하면 '전' 학생이지. 시스카는 1년 전에 학교를 관뒀어."

"관뒀다고?"

"그래. 애초에 마법을 공부한 것도 대장장이 수행의 일환이었다나 봐. 충분히 배울 만큼 배웠으니 이제 더는 용건이 없다면서 냉큼 자퇴해 버렸어."

"과연. ……학교를 발판으로 삼았다, 이건가."

그 선택지는 세인 또한 고려하고 있다. 어쩌면 자신 또한 제2의 시스카가 될지도 몰랐다. 제니퍼 왕립 마법 학교 학생들은 역시 특이한 길을 걷는 경우가 많은 모양이었다.

"오래 서 있기도 뭣하니 얼른 정해서 돌아가자."

"음, 그러지."

알리시아의 제안에 고개를 끄덕인 세인은 곧장 무기를 집어 들고 가볍게 휘둘러 보거나, 포즈를 잡거나 하면서 하나씩 하나씩 음미해 나갔다.

"미스 골드여. 몇 가지 후보를 발견했다만, 이 중에서 추천하는 게 있나?"

그렇게 말하면서 세인은 세 자루의 검을 알리시아에게 내밀었다.

"전부 새까맣잖아."

"후후, 어떠냐. 이 모든 것을 먹어치우는 밤하늘과 같은 도신. 그야말로 내게 어울리는 색이다. ……그래서? 뭐가 나한테 가장 어울리지?"

"다 거기서 거기 같은데."

"진지하게 고민해 달란 말이다!"

실용성보다 겉멋에 중점을 두는 세인 또한 진지함과는 거리가 멀었다.

"그런데 하나같이 꽤 비싼 물건이네. 돈은 충분해?"

"목숨을 맡길 동반자를 고르는 거다. 돈은 얼마가 들어도 상관없어."

"훌륭한 마음가짐이야. 그렇다면 이걸 추천할게. 날이야 뭐 고만고만하지만, 다른 것보다 튼튼해 보여. 초보자가 거칠게 휘두르더라도 큰 문제는 없을 거야."

"흐음. 확실히 이 녀석한테는 눈독을 들이고 있었다. 그럼 사 오지."

세인이 카운터에 놓여 있던 벨을 울리자 다시금 시스카가 모습을 드러냈다. 시스카는 익숙한 동작으로 뒤쪽 선반에서 칼집을 꺼내 들어 검을 집어넣었다.

"여기요! 거래 감사합니다!"

세인은 대금을 내고 검을 받아들었다. 칠흑의 도신에 칠흑의 칼집. 대만족이었다.

"윽, 벌써 시간이 이렇게 됐나."

밖으로 나오니 하늘은 주황색으로 물들어 있었다.

"기왕 모인 거, 어디서 외식이라도 한 다음에 해산할까?"

"나는 상관없다."

"저도 괜찮아요."

"그럼 가자."

알리시아의 안내를 따라 마을을 가로질렀다. 잡화점으로 가득한 구획을 빠져나가자 이번에는 음식점이 줄줄이 늘어선 거리가 등장했다. 어디선가 허브 구이 냄새가 흘러나와 주린 배를 자극했다. 알리시아는 주변을 가볍게 둘러보더니 창문에서 수증기가 올라오는 가게 안으로 들어섰다.

"오, 알리시아잖아! 어서 와라!"

가게 안으로 들어서자마자 주방에서 누군가가 아는 체를 해 왔다. 친근하게 답변하며 자리에 앉는 알리시아. 세인은 옆자리에 동석하며 그녀에게 말을 걸었다.

"꽤 발이 넓은걸."

"초등부 시절에 시스카와 함께 이 주변에서 자주 놀았거든. 그때의 면식이 지금까지 남아있는 셈이지. 참고로 여기는 옛날에 내가 아르바이트를 했던 가게야."

"알리시아! 미안한데 잠시 가게 일 좀 거들어주면 안 될까?!"

"어휴, 알겠어요. 정말이지 사람 부려먹는 데는 뭐 있다니까."

"와하핫! 미안, 미안. 우리 가게는 기본적으로 일손 부족이거든."

"그러면 고용을 하시란 말이에요."

어이가 없다는 듯 말하면서도 어딘가 즐거워 보이는 표정을 지으며 주방으로 향하는 알리시아. 다른 점원들과 손님들의 따스한 시선을 받는 그녀의 모습을 보면서 세인은 나지막이 중얼거렸다.

"뭐야…… 주변에 좋은 사람들이 많이 있잖아."

어쩌면 알리시아는 그들에게 빛의 일족에 관해 털어놓지 않았을지도 모른다. 하지만 저렇게 남들과 교감할 수 있다는 것은 그녀에게 마법과는 무관한 인간적인 매력이 있다는 뜻이다. 비록 학교에서는 따돌림을 받는 신세지만 그녀에게도 마음 편히 숨 쉴 수 있는 장소가 있었다.

조금은 안심이 되었다. 알리시아는 같은 목표를 가진 동기다. 이미 생판 남이라고 말하기는 어려운 사이였다.

"세인 님."

"뭔데."

"미궁 탐색, 잘 될 것 같나요?"

세인은 물로 목을 축인 다음 메리아의 질문에 작은 목소리로 대답했다.

"전력이 부족하다고 생각해?"

"네……. 알리시아 님의 마법도 솔직히 믿음이 안 가요. 마물한테만 통하는 마법이라니, 들어본 적도 없는걸요."

"걱정하지 마라. 미스 골드가 하는 말은 전부 사실이다."

세인은 그렇게 말하며 메리아를 향해 자신의 왼손을 천천히 펴 보였다. 은색의 반지 형태의 봉인구를 보며 세인은 쓴웃음을 지었다.

"역시 망가졌나."

"……괜찮은 건가요? 하루 사이에 두 개나 망가져 버리다니."

"봉인구가 불량품이라서가 아냐. ……뭐, 괜찮아. 교장한테 다른 걸 준비해 달라고 부탁하면 되니까. ……다시 본론으로 돌아가자면, 전력은 딱히 부족하지 않다고 본다. 메이드의 활약에 따라 달라지겠지만 치명적인 사태로 치달을 일은 없어."

"뭐, 세인 님이 그렇게 말씀하시면 그 말이 맞겠지만요."

"봉인이 조금 풀려 버린 탓인지 조금 전에 미스 골드의 힘을 살짝 보고 말았다. ……정체까지 간파하지는 못했지만, 미스 골드는 틀림없는 빛의 일족이야. 짐작건대, 굉장히 특수한 힘을 지닌 탓에 오히려 그 능력을 자각하지 못하고 있는 것일 테지."

"……도와주실 생각인가요?"

메리아의 질문에 세인은 입을 다물었다. 메리아는 계속

해서 말했다.

"세인 님, 라이트릿지 성왕국을 떠날 때 제게 말씀하셨죠? 제 역할은 세인 님을 '감시하는 것'이라고요. 만에 하나 길을 벗어날 것 같으면 전력으로 말려 달라고요. ……알리시아 님의 능력은 평범한 사람이라면 결코 깨닫지 못할 힘이겠지요. 섣불리 가르쳐 줬다가는 세인 님의 정체가 들켜버릴걸요?"

"……알고 있다."

정체가 탄로 나면 세인은 마음대로 움직일 수가 없다. 그렇게 되면 세인의 꿈은 그대로 끝나버리는 것이나 마찬가지다. 메리아가 제지하고 나서는 것은 명령을 충실히 이행하고 있다는 증거였다.

"도와준다는 거만한 소릴 할 생각은 없어. 그렇지만……친구를 위해 뭔가를 해주고 싶다는 마음을 억누르고 싶지는 않아."

세인의 말에 메리아는 기가 막힌다는 듯 한숨을 내쉬었다. 그리고 미소지었다.

주방에서 나온 알리시아는 양손에 요리를 들고 있었다. 요리사부터 웨이터까지 두루 도와주기로 한 모양이다. 이후 자리로 되돌아온 알리시아와 함께 셋이서 저녁 식사를 마친 뒤, 세 사람은 가게를 나왔다. 뺨을 어루만지는 밤공기가 기분 좋았다.

강변을 걸어가던 도중, 세인이 차분한 목소리로 물었다.

"미스 골드여. 잠시 빛의 마법을 사용해 주지 않겠나?"

갑작스러운 요구에 알리시아가 눈을 동그랗게 떴다. 하지만 곧 고개를 숙이며 작은 목소리로 대꾸했다.

"⋯⋯싫어."

"어째서지."

"당연히 싫을 수밖에. ⋯⋯어차피 바보 취급할 테니까."

알리시아의 얼굴에 그림자가 드리웠다.

"미스 골드는 내 꿈을 바보 같다고 생각하고 있나?"

"그건⋯⋯."

"뭐, 어흠. 네가 말했던 대로 나도 친구가 적은 편이다. ⋯⋯그러니 조금은 협력하게 해 줘. 이렇게 보여도 나는 빛의 마법에 대해 꽤 해박하거든."

시선을 피하며 말하는 세인. 주눅 들어 있던 알리시아의 표정이 살짝 풀어졌다.

"후, 알았어. 모처럼 부탁까지 받았으니 보여줄게."

그렇게 말한 뒤, 알리시아는 손바닥을 천천히 위로 향했다.

아직 갈등이 남아있는지 그녀는 다소 시간을 들여 마법을 발동했다.

"라이트."

그러자 나타난 것은 주황색의 둥그런 화염이었다. 자기소개 때 보였던 플럭스라는 마법과 같은 색을 발하고 있었다. 빛의 마법을 사용해도 불의 마법이 나가게 된다는 말은 사실인 듯했다. 작은 불덩어리는 불어오는 바람에 휩쓸려 사라졌다.

"자, 끝이야. ⋯⋯설명했던 대로지?"

자학하듯 말하는 알리시아. 하지만 세인은 아무 말도 입 밖에 내지 않았다.

마법을 개성을 반영한다.

같은 마법이라도 사용자에 의해 결과가 달라진다. 그녀의 '라이트'는 확실히 화염으로 변해 있었다. 그러나 '플럭스'라고 하기에는 윤곽이 또렷했으며, 마치 처음부터 그곳에 있던 것처럼 단숨에 모습을 드러냈다. 화염의 휘도(輝度)는 낮았고, 내부의 밀도는 높았다.

불의 마법은 보통 화려함과 높은 공격성을 보인다. 하지만 알리시아가 만들어낸 화염은 마치 만물의 접근을 불허하듯 고요하게 일렁이고 있었다.

"한 가지 충고를 해 주지. 더 이상 빛의 마법을 고집하지 마라."

"⋯⋯뭐?"

말뜻을 넘겨짚은 알리시아가 세인을 날카롭게 노려보았다.

하지만 세인은 침착하게 대답했다.

"빛의 마법을 포기하라는 소리가 아니다. 네 경우, 지금 빛의 마법에 고집하는 건 무의미한 짓이라는 거지. 우선은 불의 마법을 갈고닦아라. 그러다 보면 네 재능도 개화할 거다."

"……그걸 네가 어떻게 아는 건데."

"글쎄다. 어차피 나는 일개 학생일 뿐. 믿을지 말지는 네 몫이다."

그렇게 말하며 세인은 메리아를 보았다. ……이 정도면 괜찮겠지?

사람이 좋아서 탈이라니까요. 메리아의 시선에 담긴 메시지는 세인을 미소짓게 했다.

알리시아는 자신의 손바닥을 빤히 쳐다보았다. 지금 그 손은 빛은커녕 아무것도 움켜쥐고 있지 않았다. 하지만, 어쩌면 눈에 보이지 않는 무언가가 잠들어 있을지도 몰라. 그렇게 믿기라도 하듯 알리시아는 지그시, 구멍이 뚫릴 정도로 오랜 시간 손바닥을 바라보았다.

"알았어. 믿을게."

마침내 입을 연 알리시아가 손을 꾹 움켜쥐었다.

"가능성이 있다면 뭐가 됐든 시도해 주겠어."

도전적인 미소를 지어 보이는 알리시아와는 달리, 세인은 자신의 운명에 약간의 고마움을 느꼈다. 그녀와의 인연은 뜻밖의 행운이라고 해도 과언이 아니었다.

탐색은 휴일에 진행하기로 했다. 평일에는 학교 수업으로 시간도 별로 없는 데다, 심신도 만전이 아니었다.

그리고 입학식 이후 첫 휴일을 맞이하는 오늘.

세인과 메리아는 집합 장소인 학교의 본관 앞으로 향했다.

"기다리게 했군, 미스 골드여."

일찌감치 도착해 있는 금발의 소녀에게 세인이 말을 건넸다. 뒤를 돌아본 소녀, 알리시아는 웃는 얼굴로 둘을 맞이하려 했지만, 세인의 모습을 본 순간 눈이 휘둥그레졌다.

"자, 잠깐만, 세인? 그게 대체 뭐야?"

세인의 겉모습에 어제까지와는 다른 두 가지 변화가 있었다.

하나는 허리에 매단 검은색의 검. 새까만 칼집 안에는 태양 빛조차 반사되지 않는 칠흑의 도신이 있었다. 세인이 바로 어제 산 검이다.

알리시아가 놀란 것은 두 번째 변화 때문이었다. 세인은 목과 손목, 손가락과 발목, 그리고 외투 앞부분 등 온갖 부위를 굵은 쇠사슬로 이어놓고 있었다. 원래부터 액세서리를 주렁주렁 달고 다녔지만, 지금은 부피도 양도 훌쩍 늘어난 상태였다.

"훗, 뭐로 보이지?"

"뭐로 보이냐니…… 쇠사슬, 맞지? 비스듬하게 감아놓은 그거."

"그래. 쇠사슬이다. 그리고 쇠사슬이란 짐승을 속박하기 위해 존재하지. ……그다음은, 알겠지?"

"아니. 모르겠는데……. 메리아, 통역해 줄래?"

"세인 님은 묶이는 게 취미래요."

"그그그, 그렇지 않아! 나한테 그런 변태 같은 취미는 없어! 애초에 메이드여! 내가 딱히 틀린 말을 한 것도 아니잖아!"

"하긴 그렇네요……."

짐승은 둘째 치더라도 봉인하고 있다는 점에서는 대충 맞는 말이었다.

"오늘은, 그래, 그거다. 미궁을 탐색해야 하잖아. 그래서 평소보다 튼튼한 물건을 차고 있을 뿐이다. 그것만 제외하면 평소하고 다른 의도는 없어."

"글쎄, 평소에 네가 무슨 의도로 그렇게 차려입고 다니는지 짐작도 안 간대도……."

세인이 이번에 액세서리 대신 쇠사슬을 차고 온 것은 최근 며칠간 봉인구가 연속해서 망가져 버렸기 때문이었다. 탐색 도중에 봉인구가 망가지기라도 한다면 돌이킬 수 없는 사태가 일어날 수도 있다. 이를 미리 방지하기 위해 더욱 튼튼한 봉인구를 준비한 결과였다.

"그런데 그거, 오히려 싸우는 데 방해가 되지 않겠어?

체력측정 결과도 E랭크였잖아."

"훗, 걱정할 필요 없다. 내게는 어둠의 힘이…… 어, 어둠의 힘, 이…… 으그, 극……!"

필사적으로 뭔가를 쥐어짜 내려는 세인.

숨이 거칠어지고, 땀이 뻘뻘 흘러나오기 시작했을 무렵, 마침내 손바닥 위에 엄지손가락만 한 어둠의 탄환이 생성되었다.

"허억, 허억, 허억……. 후우우…………. 내게는 어둠의 힘이 있다."

"……혹시 세인은 그냥 짐 덩어리?"

"누가! 걱정할 필요 없다고 말했을 텐데!"

하지만 그 말을 믿어주는 사람은 아무도 없었다. 메리아와 알리시아, 두 소녀로부터 체념 섞인 시선이 쏟아졌다. 어차피 세인의 기행은 어제오늘 일도 아니었지만.

"그럼 우선 교장한테 허락을 받으러 가겠어."

미궁을 탐색하기 위해서는 먼저 교장의 허락을 받아야만 했다. 미궁 탐색에는 목숨의 위험이 뒤따른다. 제니퍼 왕립 마법 학교는 실력주의를 자처했지만 그렇다고 학생들의 생명을 함부로 하지는 않았다. 교장이 직접 학생을 만나보고 탐색 허가를 내려주는 제도는 번거롭게 여기는 자들이 있는 한편, 믿음직스럽다는 목소리도 컸다.

세인 일행은 본관의 계단을 올라가 교장실로 향했다.

"실례합니다."

짤막하게 말한 뒤 알리시아가 교장실의 문을 열었다.

"알리시아 레미아라고 합니다. 미궁 탐색 허가를 받기 위해 찾아왔습니다."

"허허허. 아직 새 학기가 시작된 지 얼마 되지도 않았건만, 기특할 따름…… 흐어엇?! 자네는 서, 성……!"

"교자아아아앙!"

"허엇?! 성, 성왕국에서 온 세인이로군! 그래, 성왕국의 세인이야!"

앞글자가 같았기에 망정이지, 하마터면 세인과 교장의 평온한 나날이 지금, 이 순간 부로 끝나버릴 뻔했다. 두 사람은 식은땀을 흘렸다.

"어디 보자. 미궁 탐색 허가라고 했던가."

"네, 부탁드립니다!"

알리시아의 기합 충만한 태도로 말했다. 하지만 교장은 미간을 찌푸렸다.

"흐음……. 허가를 구하는 것은 세 사람 전부인가?"

"네!"

"그럼 거절하겠네."

"감사합…… 네?"

무척이나 자연스러운 교장의 거절에 알리시아는 눈에 띄게 당황했다.

"어, 어째서인가요?!"

책상에 양손을 짚고 상체를 앞으로 내밀며 묻는 알리시아.

하지만 교장은 그녀의 열기에도 꿈쩍하지 않고 곤란하다는 표정을 지었다.

"알리시아여. 자네는 초등부 시절부터 이 학교의 학생이었네. 그렇다면 알고 있을 테지. 미궁 탐색에 도전하기 위해서는 내 허가 외에도 무엇이 필요한지."

멍한 얼굴을 한 알리시아는 의아해하면서도 대답했다.

"유서입니다."

"음, 그 말대로일세. 학생이 미궁으로 향할 때는 반드시 유서를 써서 학교에 제출해야 한다는 규정이 있다네. 따라서 탐색을 허락하면 나는 자네들에게 유서를 쓰게 해야 하는데……."

그 대목에서 교장은 잠시 설명을 멈추고 세인에게 오라는 손짓을 했다. 그러고는 세인의 귀에 대고 속삭였다.

"자네한테 유서를 쓰게 했다가는 내 목이 날아가잖나!"

"흐음……. 서로 고생이 많군."

"알고 있으면 조금만 더 신경을 써 주게나, 원."

교장은 한숨을 푹 내쉬며 의자에 깊숙이 몸을 기댔다.

"……미안하지만 어떻게 해서든 미궁을 탐색하고 싶다. 유서가 필요하다면 당장이라도 쓰겠어."

"하지만 말일세⋯⋯."

"애초에 내가 모국을 나온 것은 이러한 활동을 하기 위해서다. 게다가 이대로 나만 탐색 허가가 나오지 않는다면 그건 그것대로 큰 문제로 발전할 우려가 있지. 어차피 피할 수 없는 길이다. 깔끔하게 포기하도록 해."

"으, 으음. 만사에는 순서라는 게 있는 법이네만⋯⋯ 어쩔 수 없지. 허가해 주겠네."

"됐다! 해냈구나, 세인!"

"그래. 대화가 통하는 노인이다. 네게 지성이 넘치는 학교의 왕, 킹 카이젤이라는 이름을 선사하지."

"필요 없네."

교장이 쌀쌀맞게 일축했다.

"그건 그렇고 꽤 갑작스럽군. 괜찮다면 목적을 가르쳐 주지 않겠나?"

"네! 저희, 성검을 찾아내고 싶어요!"

"성검? ⋯⋯세인, 자네도 마찬가지인가?"

교장의 의문은 지당했다. 세인은 마음만 먹으면 얼마든지 성검을 조달할 수 있었다.

"내가 원하는 것은 마검이야. 하지만 그와는 별개로 인간이 만든 성검에도 흥미가 있다."

짐작건대 마검으로 개조가 가능한 것은 인간의 손으로 만들어진 성검뿐이다. 세인은 여신의 가호를 다룰 수는 있어도 대장장이처럼 처음부터 칼을 만들어내는 재주는 없었다.

"이것 참. 할 짓이 없어서 그러는 것도 아닐 테고. ……뭐, 알겠네. 일단 여기에 내용을 써넣어 주게."

교장은 서랍에서 세 장의 서류를 꺼내 책상 위에 내밀었다. 유서라고 적힌 서류를 보고도 알리시아는 태연하게 쓰기 시작했다. 한편 세인은 펜을 들고 살짝 망설였다.

"여차하면 제가 지켜드릴 테니까 걱정하지 마세요."

"……썩 기쁘지 않은 발언이군. 하지만 덕분에 정신이 들었다. 이 정도로 주눅 들어서야 네 주인 실격이겠지."

두려운 감정을 눈곱만큼도 드러내지 않는 메리아의 모습에 세인도 기운을 차렸다.

그렇게 세 사람은 몇 분에 걸쳐 유서 작성을 마쳤다.

"흠. 확실히 받았네. 그럼 이걸 건네지."

방금 막 작성을 마친 유서와 맞바꿔 세 사람은 미궁 탐색 허가증을 받아들었다.

"제삼자에게 넘어가지 않도록 주의해 주게."

"음, 알겠다."

발걸음을 돌려 교장실을 뒤로하는 세인 일행.

하지만 나가기 직전, 교장이 세인을 불러세웠다.

"세인 군."

"왜 그러지, 킹 카이젤."

"교장이라 불러주게. ⋯⋯그리고 부탁이니 너무 화려하게 저지르진 말아 주게나. 그 미궁은 수업에도 쓰고 있어. 무너지기라도 했다가는 손해가 이만저만이 아니야."

"훗. 그건 녀석이 하기 나름이다."

그렇게 말한 뒤, 세인은 교장실의 문을 닫았다.

여운에 잠기는 세인. 지금 것은 실로 쿨한 대사였다.

"녀석이란 게 누구인가요?"

"뭐가 나오든 너는 아무것도 못 하잖아."

"에에잇, 시끄럽다! 됐으니까 출발해!"

기껏 만족스러운 기분에 잠겨 있었건만 동료들이 물을 끼얹었다. 세인은 씩씩 화를 내며 복도를 걸어갔다.

일행은 학교 건물을 벗어나 운동장 구석에 있는 건물로 들어갔다. 의자도, 책상도 없는 그 간소한 공간의 중앙에는 여러 겹으로 구성된 연분홍빛의 입체 마법진이 존재했다.

학교의 미궁은 학교 안에 있는 게 아니다.

미궁은 금은보화를 얻을 수 있다는 메리트가 있지만, 그만큼 위험한 곳이기도 하며, 무엇보다 내버려 두면 안에서 마물들이 쏟아져 나온다는 부작용이 있다. 그래서 미궁과 마을이 한 지역에 있는 경우는 거의 없었다. 미궁을 수입원으로 삼아 주변에 마을을 세운 미궁도시 등은 예외 중의 예외였다. 보통은 여차할 때를 대비해 미궁에서 멀리 떨어져 있는 경우가 대부분이었다.

그런데 미궁 중에는 오히려 사막 한가운데나, 해저, 높은 하늘 등 쉽게 갈 수 없는 미궁들도 있다. 그래서 개발된 것이 어디서든 간단히 미궁에 드나들 수 있게 해 주는 던전 전이문 마법이었다.

전이문 마법진을 눈앞에 두고 알리시아가 입을 열었다.

"자, 그러면 가보실까."

먼저 알리시아가 문 안으로 발을 들였다. 교장에게 건네받은 탐색 허가증에 반응한 것일까. 마법진은 알리시아를 환영하듯 희미하게 빛났다. 알리시아가 마법진 중앙에 서자 마법진이 회전하며 빛이 점점 더 켜졌다. 빛이 사그라들었을 무렵, 알리시아의 모습은 보이지 않았다.

"저는 먼저 가 있을게요. 세인 님한테 추월당하는 건 왠지 기분 나쁘거든요."

"너는 나한테 독설을 뱉지 않으면 성이 차질 않는 거냐! 됐으니까 빨리 가기나 해!"

메리아는 못된 아이처럼 혀를 쏙 내밀며 문으로 들어갔다. 항상 독설을 내뱉고, 주인을 깔보는 것처럼 보이지만 사실 그 이면에는 무척 강한 충성심이 숨겨져 있음을 세인은 알고 있었다. 지금도 전이문 너머에 위험한 요소가 없는지 먼저 가서 확인하고 있을 터였다. 그녀는 언제나 물밑에서 주인을 위해 행동하고 있었다.

"이제 다른 사람한테도 신경을 써 주면 더 바랄 게 없으련만…….”

메리아는 가능한 한 세인의 곁에 있으려 들었다. 알리시아를 먼저 보낸 것도 메리아의 기준에서는 그것이 옳은 판단이었기 때문이리라……. 하지만 세인으로서는 그녀가 알리시아 또한 챙겨주길 바랐다.

마지막 차례인 세인은 복잡한 심경 속에 미궁 전이문으로 향했다.

그리고 문이 기동한 순간, 위화감을 느꼈다.

봉인구를 장착한 지금 세인에게는 적을 물리칠 힘도, 자신을 지킬 힘도 없다. 하지만 수많은 싸움을 겪어 온 세인에게는 직감, 달리 말하면 고밀도의 경험이 있었다. 그 경험이 이성에 대고 강하게 호소하고 있었다. 이것은 명백한 '이변'이라고.

“……뭐가 이렇게 늦어!”

전이를 마친 세인에게 알리시아가 소리쳤다.

위화감의 정체를 알아내기 위해 전이에 저항하느라 그만 늦어져 버린 모양이다.

부드러운 풀밭이 두 발을 감싸고 있었다. 세인의 눈 앞에 펼쳐진 것은 지평선 끝까지 이어진 초원 언덕이었다. 전이문의 목적지는 다른 대륙의 구릉 지대라고 들었다. 로우리바니아 왕국에서는 아침이었지만 이 구릉 지대는 대낮이다. 하늘과 땅을 비추는 태양은 세인 일행의 정수리

위에서 눈부시게 빛나고 있었다.

"여전히 크네……."

알리시아가 눈앞의 구조물을 올려다보며 말했다.

언덕에 우뚝 솟아오른 거대한 탑. 이곳이 바로 이번에 공략할 미궁이다. 구름 속으로 파고드는 회색의 기둥은 장관이었다. 하지만 이곳은 학교가 소유하고 있는 초심자용 미궁에 불과했다. 초심자용이 이 정도니, 전업 탐색꾼들이 얼마나 괴물 같은 자들인지가 엿보이는 대목이었다. 이렇듯 상상을 불허하는 거대함이란 단지 존재하는 것만으로도 인간에게 감동을 선사하는 법이지만, 지금은 그 이상으로 신경 쓰이는 점이 있었다.

세인은 눈에 힘을 주어 미궁을 보았다. 역시, 있다. 확실히 존재했다.

"미스 골드여. 혹시 전이할 때 뭔가 느낀 것 없나?"

"뭐? 딱히 아무것도 못 느꼈는데?"

"……메이드. 너는 어땠지."

"으음, 살짝 찌릿하긴 했어요."

이변이 일어난 것이 분명했다. 세인은 한숨을 내쉬었다. 운이 지지리도 없었다. 기껏 나라를 뛰쳐나와, 바다까지 건넜건만 또다시 예전과 같은 사명을 짊어져야 한다니.

"세인 님, 이 감각은 혹시……."

"십중팔구 그게 맞겠지."

메리아의 걱정스러운 물음에 고개를 끄덕여 보인 뒤, 세인은 알리시아에게 말을 걸었다.

"미스 골드. 탐색하기 전에 한 가지 충고하고 넘어가야만 할 것이 생겼다."

"뭐, 뭔데."

세인이 심각한 표정을 짓자 알리시아는 긴장하며 귀를 기울였다.

"핏빛으로 물든 마물이 나타나거든 바로 도망쳐라."

제3장 개벽의 마천루

구름까지 닿는 회색의 탑. 금은보화와 함정과 마물들이 잠들어 있는 미궁이라는 이름의 구조물. 그곳은 제니퍼 왕립 마법 학교 관계자들 사이에서 학교 미궁이라는 친근한 이름으로 불리고 있지만, 탐색꾼 사이에서는 또 다른 이름을 가지고 있었다.

미궁, 개벽의 마천루. 인류가 미궁과 함께한 역사 속에서도 한없이 기원에 가까운, 그리고 그렇기에 '완전히 답파한' 미궁이었다. 개벽의 마천루는 현재 마물 자원 채집과 수련 장소로서의 이용가치를 인정받아 국가의 관리하에 놓여 있다.

탑 내부는 바깥에 비해 서늘했고, 또한 빛이 닿지 않아 어두컴컴한 곳도 있었다.

세인 일행은 일단 상층부, 즉 더 깊은 곳으로 향했다.

입구 근처인 하층은 흔하디흔한 미로형으로 이루어져 있었다. 층 전체가 돌벽에 의해 복잡하게 나뉘어 여러 통로와 방으로 갈라져 나갔다. 때로는 수로가 목격되기도 했지만, 그 물이 어디서 흘러나오고 어디로 빠져나가는지는 불명이었다.

"뭐야, 텅텅 비어 있잖아."

주위를 둘러보며 세인이 말했다.

"소위 공통 루트라고 불리는 구간은 항상 사람이 지나다니니까. 우리보다 먼저 들어온 누군가가 대충 정리했겠지. ……그래도 방심하지 마. 조금만 더 깊숙이 들어가면 곳곳에 마물이 숨어 있을 테니까."

"아, 알고 있다. 약간 신경이 쓰였을 뿐이야."

실제로 알고는 있었지만, 거의 까맣게 잊어버린 상태였다.

세인은 목 주변과 외투 등에 달아놓은 봉인구를 내려다보았다. 이 상태로 탐색을 하는 것은 처음이다. 의식하면 할수록 긴장되었지만, 이것은 스스로 정한 길이다. 물러날 수도 없거니와, 극복할 때까지 돌아갈 생각도 없다. 세인은 마음을 단단히 다잡고 탐색에 임했다.

"있다……. 마물이야."

알리시아가 걸음을 멈추며 적의 존재를 알려 왔다.

전방에 세 개의 그림자가 보였다. 그중 둘은 인간형이었고, 다른 하나는 사족보행을 하는 짐승형이었다. 세 마물모두 세인 일행의 허리 정도의 체구였다.

"고블린 두 마리, 그리고 하운드독이네요."

초록색 피부와 부풀어 오른 골격. 꼬마 정도로 작지만, 그 근력은 최소한 성인 남성과 맞먹을 정도라고 봐야 했다. 그 초록색 마물…… 고블린은 저마다 나무 곤봉을 쥐고서 이쪽을 매섭게 노려보고 있었다. 그 옆에서는 회색의 털을 곤두세운 하운드독이 흉흉한 송곳니 사이로 침을 늘어트리고 있었다.

"마침 잘 됐어. 여기서 서로의 실력을 확인해 두자."

알리시아가 말했다.

"알겠어? 저 녀석들은 연습용이야. 간단히 쓰러트리면 안 돼. ……먼저 나부터 갈게."

알리시아가 앞으로 나서서 세 마리의 마물을 노려보며 마법을 발동했다.

"플럭스."

화염을 두른 돌멩이 크기의 탄환이 마물들을 향해 날아갔다. 공기를 불태우며 허공을 가로지른 화염탄이 마물의 몸에 기세 좋게 박혔다. 착탄과 동시에 폭염이 일어났고, 마물은 괴로운 듯 신음을 흘렸다. 하지만 아직 한 마리가 멀쩡했다. 하운드독이 탄환을 피한 것이다.

"아, 빗나갔다. 그럼 다시 한 발…… 플럭스!"

알리시아는 주저하지 않고 마법을 추가로 쏘아 날렸다. 기어코 화염탄은 하운드독에 명중했다.

"소, 솜씨가 거칠군……."

"시끄러워. 안 맞으면 맞출 때까지 쏘면 되는 거야."

뾰로통하게 내뱉는 알리시아를 바라보며 세인은 입을 다물었다.

알리시아의 마법은 정말로 마물에게 효과가 있었다. 메

리아가 어렴풋이 안도의 표정을 지었다. 이 정도면 알리시아를 전력으로 삼아도 무방하리라.

신음하던 마물들이 하나둘씩 분노에 차 소리 지르기 시작했다.

"그럼 이번에는 제 차례네요."

다음으로 메리아가 앞장섰다. 분노로 미쳐 달려드는 마물들을 향해 메리아가 양쪽 손바닥을 내밀었다.

"영원히 방황하라, 안개 속에 숨은 자들이여. 론도 미스테리아."

오른손에는 불, 왼손에는 물. 붉은색과 푸른색이 서로 섞이며 거대한 안개가 피어올랐다.

흰 안개는 바람에 이끌리기라도 한 것처럼 눈 깜짝할 사이에 마물들을 에워쌌다. 여파가 퍼지며 세인 일행에게도 안개가 날아왔다.

"저건 설마…… 복합마법?"

"맞아. 메이드의 특기다."

복합마법이란 오행의 계보만이 습득할 수 있는 특수한 마법으로, 말 그대로 여러 속성을 섞어 쓰는 기술이다. 빛의 계보와 어둠의 계보는 속성이 하나뿐이라 다른 속성을 정밀하게 조작할 수가 없고, 복합마법 또한 사용할 수 없다.

알리시아가 감탄하고 있는 동안 메리아는 담담히 마법을 유지했다. 하지만 아무리 복잡한 마법이라도 효과는 단순한 눈 가리기에 불과하다. 이 마술로 마물의 숨통을 끊기란 불가능했다. 마구잡이로 움직이던 마물들은 이윽고 안개에서 뛰쳐나와 다시금 세인 일행의 눈앞에 모습을 드러냈다.

그리고 다시 안개에 둘러싸였다.

"……순환하는 중심이여, 소용돌이쳐 가두어라."

메리아가 주문을 영창했다. 그러자 안개가 흐르듯 움직여 마물들을 뒤덮었다.

너무나도 잔인했다. 어렵사리 안개에서 벗어났건만 금세 다시 원상복귀라니……. 안개 속에서 형언하기 힘든 포효가 들려왔다. 마물들이 스트레스를 폭발시키고 있었다.

"후속영창까지……. 중등부에서 저런 걸 할 수 있는 녀석은 거의 없을걸. ……능력측정 때부터 어렴풋이 느끼기는 했지만, 메리아는 급이 다르네."

믿음직스럽다는 듯이. 하지만 살짝 분하다는 듯이 알리시아가 말했다.

안개로 둘러싸인 공간에 메리아가 태연하게 발을 들였다. 그리고 단도를 마물들을 향해 겨누었다.

"이런 식으로 적의 눈을 가리고 직접 숨통을 끊는 게 제 방식이에요."

"그렇구나. ……즉, 네가 마물들의 발을 묶고 있는 동안 나는 강력한 마법을 준비하면 되는 건가. 그나저나 뭘 어떻게 하면 그렇게 복잡한 마법을 제어할 수 있는 거람. 역시 특수한 훈련 덕분인가?"

"그런 훈련을 한 적은 없지만……. 이래 봬도 실전 경험이 많거든요."

"오호……. 그러면 네 주인인 세인한테도 기대해 볼 수 있겠지?"

"그럼요, 그럼요."

"으, 으그극. 멋대로 허들을 높이지 마……."

"자자, 끙끙대지만 말고 얼른 가서 실력을 보여줘."

"주인공 등장이네요. 힘내세요."

"이것들이…… 평소에는 바보 취급하느라 바쁜 주제에 아주 그냥 작당했군……!"

두 소녀의 괴롭힘을 받으며 세인이 앞으로 나섰다. 눈앞에 있는 것은 조금 전 메리아에게 당한 일로 스트레스가 잔뜩 쌓인 마물들. 그 광분 서린 눈빛이 세인을 꿰뚫었다. 설마하니 이 정도 마물에게 지지는 않을 것이다. ……아마도.

"보, 보고 있으라고. 나도 나날이 성장하고 있단 말이다! 이거나 먹어라, 다르크!"

외투를 휘날리면서 쓸데없이 커다란 동작을 취하는 세인.

손바닥에 칠흑의 구체가 형성되었다. 세인은 그것을 마물들을 향해 쏘아 보냈다.

검은 탄환은 끼룩거리는 소리를 내며 날아갔고…… 마

물에게 닿은 순간, 팅겨나 버렸다.

"……픕."

"우, 웃지 마!"

마법이 실패하는 모습을 지켜본 알리시아가 작게 웃음을 터트렸다. 세인은 얼굴을 새빨갛게 물들이며 소리쳤다.

"괜찮아. 처음부터 기대하지 않았는걸."

"윽……. 나, 나도 연습만 하면 이런 마법 쯤은……."

"아무리 그래도 네 햇병아리 마법에 의지해야 할 만큼 우리가 약하지는 않아."

"햇병아리라고 하지 마!"

알리시아의 발언에 세인은 울상을 지으며 소리쳤다.

"저 마물들한테는 더 용건이 없네. ……플럭스!"

이번에는 알리시아의 손바닥에서 힘 조절을 하지 않은 탄환이 발사되었다. 마물들은 눈 깜짝할 사이에 화염에 휩싸여 숨을 거두고 말았다.

"그럼 예정대로 진형을 맞춰 나아가자."

"소재는 회수하지 않아도 괜찮은 건가?"

"이번 탐색의 목적은 성검이야. 짐이 많으면 여차할 때 움직임이 무뎌질지도 모르잖아. 용돈 벌이는 다음 기회로 미루자."

알리시아의 지시에 각자 고개를 끄덕여 보이고는 서로의 위치를 파악했다. 척후인 세인이 전방에 서서 걸어갔고,

메리아, 알리시아 순으로 그 뒤를 따랐다.

"미스 골드. 일단은 이 지도에 표시가 된 장소로 이동하면 되겠지?"

"그래, 맞아."

"알겠다. 흠, 아직 멀군. 조금 페이스를 늦추는 게 어때?"

"……그렇네."

세인의 물음에 대답한 알리시아는 살짝 의아하다는 얼굴을 했다.

"미궁의 지도는 독특한 편이라 이해하기까지 시간이 걸릴 줄 알았는데……. 뭐랄까, 두 사람 다 익숙해 보이네. 탐색은 처음이라 하지 않았어?"

"제대로 된 탐색이 처음일 뿐이지 미궁은 여러 번 와 봤어요."

"그럼 지금까지는 어떻게 했는데?"

"글쎄요……. 엄청나게 강한 사람과 팀을 맺고서 전투는 전부 그 사람한테 맡기다시피 했어요. 지금 생각해 보면 살짝 비겁했던 것 같네요."

"뭐, 미궁 탐색 목적은 제각각이니 비겁하다고 할 건 없지 않을까? 미궁 연구자 같은 사람들은 강한 호위들을 고용해 놓고 본인은 연구에만 몰두하기도 하니까. ……다만, 지금은 훗날을 위해서라도 될 수 있는 대로 자력으로 싸우는 법을 익혀 나가야 한다고 봐."

알리시아와 메리아가 대화를 나누던 와중, 세인이 꺾어지는 통로의 모퉁이에 멈춰서서 입을 열었다.

"전방에서 적을 발견했다. 고블린 네 마리. 전원 곤봉처럼 생긴 무기를 들고 있군."

"알았어. 거리는?"

"10m 정도다. 이쪽을 알아채지는 못했지만 다가오고 있어. ……이 앞은 길고 가느다란 통로다. 미스 골드의 마법으로 단숨에 처치할 수 있을까?"

"가능해. 타이밍을 가르쳐 줘."

알리시아는 손바닥에 불의 마력을 모아 언제든지 마법을 발동시킬 수 있도록 준비했다.

"지금이다!"

세인이 신호하자, 알리시아가 모퉁이 너머로 튀어 나가 마물들을 향해 손바닥을 내밀었다.

"베레 플레엄!"

고블린들의 경악과 동시에 화염의 파도가 쏟아져 나왔다. 통로가 좁은 것도 아닌데, 화염은 오히려 범람할 기세로 고블린들을 집어삼켰다.

"화력 하나는 대단하군."

"마물한테만 통하는 게 흠이지만."

그런데도 칭찬을 받아 기뻤는지 알리시아는 밝게 웃었다.

그 뒤로도 탐색은 순조로웠다.

"론도 미스테리아."

"플레어!"

메리아는 마물들을 방해하는 데 전념했다. 때로는 시야를 차단하고, 때로는 구속했다. 물로 된 채찍이 마물들의 다리를 후려쳐 자세를 무너트리자, 알리시아가 강력한 마법을 날렸다.

작열하는 겁화가 마물들을 잿더미로 만들었다.

다섯 번째에 해당하는 전투가 종료되었다.

"후, 여기도 대강 정리가 됐네. 이제 앞으로 나아가자."

탐색 개시로부터 이미 수 시간이 지났다. 입구를 기준으로 20층 정도를 올라온 상태다. 걷는 속도는 평범했지만, 공략 페이스는 상당히 빨랐다. 모든 구간을 막힘없이 통학로 걷듯 성큼성큼 지나왔기 때문이다.

"슬슬 전투도 부담이 되기 시작했는걸."

"그러게요. 마력 멀미가 시작되면 힘들어지니 지금부터는 도주를 전제로 싸우도록 하죠."

마물들이 차례차례 나타나는 현 상황에 대해 메리아가 적절한 판단을 내렸다.

인간은 사념을 통해 대기 중의 마력을 모으고, 조정함으로써 마법을 구사한다. 하지만 그 과정에서 마력은 인간을 한 차례 거치게 된다. 마력 멀미란 인체가 단기간에 대량의 마력을 받아들이게 되면서 발생하는 현상이다. 정신적인 피로와 비슷한 증세다. 멀미가 시작되면 사고력이 저하하며, 최악의 경우 기절한다.

"훗. 그렇다면 슬슬 주인공이 등장할 차례인가."

지친 두 사람에게 세인이 폼을 잡으며 말했다.

"아니, 등장하지 마. 도움도 안 되면서."

"어째서! 나도 조금은……!"

"그렇게 말하면서 조금 전에도 죽을 뻔했잖아."

"한 번만! 안 되면 바로 물러날 테니까! 제발!"

"안 된대도! 똑같은 말을 몇 번씩 하게 만들지 마!"

어둠의 마법을 사용하고, 실패하길 반복하며 매번 죽을 위기에 처했다. 그런데도 세인은 체념하는 기색이 없었다. 한숨을 내쉬는 알리시아. 그때, 전방에 있던 세인이 마물의 그림자를 발견했다.

"마물이다. 가까워!"

"알겠어. 이 거리라면 도주는 글렀네. 메리아, 발을 묶어줘!"

"네에. 질투하라, 탁한 물의 정령이여. 워터 할덴."

메리아가 사람 팔 모양의 물 덩어리를 날려 보냈다. 후속영창으로 위력이 오른 마법은 여러 개로 늘어나 마물들의 다리에 달라붙었다. 물은 점착성을 띠고 있어 마물들의 움직임을 완전히 봉쇄했다.

"꿰뚫어라. 플럭스!"

알리시아가 화염탄으로 미궁의 벽을 때렸다. 세 발째에 균열이 생겨나고, 열 발째가 명중하자 벽이 무너져 내렸다. 움직이지 못하는 마물들을 벽의 파편이 깔아뭉갰다. 먼지가 피어올라 눈을 게슴츠레 뜨고 있자니…… 그 속에서 한 마리의 마물이 튀어나왔다.

"메리아, 뒤!"

"걱정하지 마세요."

채찍처럼 휘어지는 꼬리를 가진 원숭이 마물, 윕 몽키는 재주 좋게 벽을 박차며 메리아의 등 뒤로 돌아갔다. 적을 놓쳤다는 책임감 때문인지 초조한 모습을 보이는 알리시아. 그에 반해 메리아는 평소와 같은 냉정한 태도로 스커트 안쪽에서 단도를 꺼내 들었다.

"이얍."

메리아가 단도를 휘두르자 윕 몽키의 숨통이 끊어졌다.

"……메리아는 무술도 수준급이구나."

"무술 실력도 메이드가 갖춰야 할 소양이거든요."

무너진 잔해들을 이리저리 뛰어넘어 다시 새로운 통로로 빠져나온 일행. 통로의 막다른 길목으로 다가가자 자그마한 방이 등장했다. 지도에 표시된 장소, 목적지다.

"여기가 목적지인가? 척 보기에는 아무것도 없는데……."

"뭐, 지켜보고 있어."

알리시아는 익숙한 동작으로 방에 들어가 벽에 손을 짚었다. 덜컹, 하는 소리와 함께 벽면의 일부가 안으로 파고들었다. ……숨겨진 방이었다. 그 끝에는 얇은 원반이 놓여 있었다.

"저기에 타."

알리시아의 뒤를 따르는 세인과 메리아. 세 사람이 올라타자 원반이 희미한 빛을 발하며 서서히 부상했다.

잠시 후 원반이 정지하고, 눈앞에는 다시금 벽과 문이 나타났다.

"여기는……?"

문으로 들어간 세인이 주변에 펼쳐진 경관을 보며 의문을 토했다. 거대한 공간이었다. 마물의 모습은 보이지 않았으며, 외벽이 온통 유리로 도배되어 있었다. 그 유리 벽 외에 벽이라고 할 만한 것은 존재하지 않았다. 하나의 층 전체를 동원해 만들어진 공간이리라. 지금까지의 미로와는 달리 전망대처럼 개방적이었다.

"미궁의 중심부야. 아아, 지쳤다."

"안전지대로군요. 이렇게 커다란 건 처음 봤어요……."

주변을 둘러보니 같은 학교의 학생들이 여기저기 보였다. 하지만 그들 외에도 용병 차림을 한 남자들부터 묘령의 여성까지 다양한 사람이 있었다.

"여기는 외부의 탐색꾼도 올 수 있는 건가?"

"맞아. 학교 관계자 이외에는 입장료를 받고 있지만."

그렇다면 언젠가 탐색꾼을 본업으로 삼는 사람과 만나볼 수 있을지도 모른다. 암흑기사를 목표로 하는 세인은 힘을 기르기 위해서라도 꼭 조언을 들어보고 싶었다.

"어이, 저기 봐. 소문으로 듣던 녀석들이야."

그때 어디선가 목소리가 들려왔다.

"F랭크 떨거지와 빛의 일족의 수치였나."

"정말로 끼리끼리 잘들 지내는구먼."

기분 나쁜 대화였다. 세인 일행은 다들 얼굴을 찌푸리며 입을 다물었다.

"종자는 또 유별나게 우수하다던데. ……칫, 기생충들 같으니."

"미궁이 무슨 놀이터인 줄 아는 건가."

"다른 데로 가자. 보고 있으면 신물이 나."

그렇게 그들은 일행으로부터 멀찍이 물러났다.

"……흉보느라 신이 나셨네."

분하다는 듯이. 그리고 쓸쓸한 목소리로 알리시아가 중얼거렸다. 맞장구를 치는 이는 없었다. 알리시아는 옆에 앉아있는 세인이 무거운 얼굴을 하고 있다는 사실을 깨달았다.

"세인?"

"……딱히 틀린 말은 아니다."

고개를 살짝 떨구며 세인이 말했다.

"적어도 나에 대한 평가는 정확했어. 지금의 나는 단순한 떨거지다."

복잡한 기분이었다. 지금까지는 얼굴도 이름도 모르는 군중들에게 칭송받아 오기만 했다. 하지만 현재, 자신의 실체를 아는 자들로부터 폄하 당하고 있었다.

"누군가가 진정한 내 모습을 알아준다는 건 고마운 일이지만…… 그만큼 혹독하군."

"웬일로 고분고분하네. 첫날에 내가 약해 보인다고 말했을 때는 화를 냈으면서."

"약해 보이는 것과 약한 건 달라."

"……겉모습만큼은 얕보이고 싶지 않다는 뜻이야?"

"당연하지! 내가 매일 아침 얼마나 많은 시간을 들여서 세팅을……!"

"세팅?"

"아, 아니, 아무것도 아니다. 나는 태어난 그 순간부터 이런 불길한 모습이었다."

"아무리 그래도 그건 좀."

냉정하게 딴죽을 거는 알리시아. 세인은 얼굴을 찡그리며 묵비권을 행사했다.

"어쨌든, 난 상처받지 않았다. 오히려 저들의 말이 옳지. 그러니……."

세인은 말을 하면서 옆에 가지런히 앉아있는 메리아를 보았다.

"메이드여. 그 무시무시한 표정을 슬슬 풀어라."

오랫동안 알고 지낸 사이다. 그 얼음장 같은 표정의 이면에 대체 어떠한 감정이 소용돌이치고 있을지. 이제는 손바닥 보듯 훤히 알 수 있었다.

"글쎄요. 무슨 말씀을 하시는 건가요?"

주인의 말에 종자는 모른 척 잡아뗐다. 세인은 작게 한숨을 내쉬었다.

"자, 정신들 차리자. 작전 회의를 하겠어."

뒤숭숭하던 분위기가 진정되었을 무렵. 알리시아가 건넨 제안에 불만을 제기하는 이는 없었다.

"성검이 있는 곳 말인데……. 실은 짐작 가는 데가 있어."

알리시아가 말했다.

"짐작이라는 말은 좀 거창할지도 모르겠네. 생각해 보면 단순한 이야기야. 조금 전에도 말했지만, 이 미궁은 학교 관계자가 아니더라도 이용할 수 있어. 하지만 성검이라는 건 보통 국가 차원에서 관리하는 물건이지. 따라서 학교는 성검을 외부인에게 넘겨줄 생각은 없을 거야. 즉, 성검은 우리 학교 학생이 아니면 갈 수 없는 곳에 있다고 봐."

"일리가 있네요……. 학교에서 배포하는 미궁 지도와 학교 밖의 지도를 비교해 보는 건 어떨까요? 만약 차이가 있다면 그게 답으로 이어질지도 몰라요."

"안타깝지만 별다른 차이는 없었어."

"그렇다면…… 뭔가 특수한 장치가 있을지도 모르겠네요. 예를 들어 학생인 저희가 아니면 들어갈 수 없는 방이 있다던가?"

메리아의 추측에 알리시아가 고개를 끄덕였다.

"나도 그렇게 생각해. 다만, 이번에 찾고 있는 '빛의 마법을 강화하는 성검'은 어쨌든, 다른 성검과 마검은 수년 전에 가져다 놓은 거야. 제법 오랜 시간이 지났지. 가령 학생들밖에 들어갈 수 없는 방이 있다면 탐색꾼들이 진작에 수상한 방이 있다는 걸 알아냈을 거야 . 하지만 그런 소문은 들어본 적이 없어. 바꿔 말하면……."

"……학생밖에 들어갈 수 없는 방이 아니라, 학생밖에 발견할 수 없는 방인가."

이번에는 세인이 말했다. 알리시아가 재차 고개를 끄덕였다.

"그게 바르다고 가정하면 탐색의 실마리가 대충 보여. 예를 들자면 학생증 같은…… 우리가 학생임을 증명하는 뭔가가 성검으로 향하는 열쇠가 되어 줄 거야."

마지막 한마디와 함께 알리시아의 추리가 마무리되었다.

"……시험해 볼 가치는 있겠는걸."

"그렇지?!"

인정을 받은 것이 기뻤는지 알리시아의 얼굴이 활짝 피었다.

"하지만 어떻게 찾을지가 문제란 말이지. 이 잡듯이 뒤지고 다니는 것도 비현실적이고."

"차라리 탐지 마법으로 찾는 건 어때."

"할 수만 있다면 그러고는 싶지. 너라면 가능하다는 거야?"

"홋, 어리석은 질문이군. 가능할 리가 없잖아. 메이드가 할 거다."

"잘난 듯이 할 말은 아닌 것 같은데."

하지만 거짓말을 할 수는 없는 노릇이었다. 세인은 메리아에게 눈짓을 했다.

"메이드여. 탐지 마법으로 학생증과 관련된 장소를 조사해 주길 바란다."

"알겠습니다."

지시를 받은 메리아가 눈을 감고 집중했다.

"공명하는 물의 파동이여, 애틋한 동포의 곁으로 인도하라. 콜 라름."

메리아의 손끝에서 물방울 하나가 뚝 떨어졌다. 물방울은 학생증에 닿아 터지는가 싶더니 그대로 파문이 되어 퍼져나갔다. 파문은 대기를 통해 벽과 지면으로 스며들어 미궁을 일주하기 시작했다.

알리시아의 추리가 옳다면 뭔가 반응이 나타날 터였다.

십수 초가 지났을 즈음, 어디선가 또 다른 파문이 되돌아왔다.

"찾아냈어요."

알리시아가 승리의 포즈를 취했다.

광명이 보이기 시작했다.

탐지 마법이 반응을 보인 것은 안전지대보다 아래쪽이었다. 즉, 알리시아가 작동시킨 승강기를 타고 지나쳐 온 층 중 하나였다.

"이걸로…… 47층인가."

계단을 내려가던 세인은 지도를 보며 현재 위치를 소리 내 확인했다.

"미스 골드여. 이 층에는 제법 커다란 방이 있다만."

"아, 수련장 말이구나."

"수련장?"

"학생들 사이에서는 그렇게 불리고 있어. 크기도 크기지만 다채로운 마물들이 잔뜩 나타나서 수련장으로 쓰기에는 딱 좋다는 모양이야. 식량을 가지고 와서 틀어박히는 사람도 있다나 봐."

"미스 골드는 사용한 적이 없는 건가?"

"수련장이라고 이름 붙인 것은 고등부 학생들이야. 우리한테는 아직 일러. ……그래도 아래쪽으로 내려가는 계단이 저 너머에 있으니……. 가로질러 가는 편이 빠르겠는걸."

세인도 지도를 보았다. 확실히 커다란 방을 우회하면 시간이 걸릴 것 같았다.

"그 방은 얼마나 넓은가요?"

"학교 운동장하고 비슷한 정도야."

"……넓군. 한 번 발견되면 달아날 수 없을걸."

세인의 말에 알리시아와 메리아도 고개를 끄덕였다.

"우선 상황을 지켜보기로 하자."

체력은 아낄 수 있으면 아끼는 것이 좋았다. 세인 일행의 목표는 성검 혹은 마검을 가지고 돌아가는 것이다. 돌아갈 체력도 생각해야 했다.

"어때, 세인?"

커다란 방을 직전에 두고 알리시아가 세인에게 물었다.

"……마물은 없어. 아마도 안전할 거다."

세인의 말에 알리시아는 미간을 찌푸리면서도 앞으로 나아갔다. 50층의 안전지대보다는 작을지 몰라도 학교 운동장만큼은 넓은데, 이상하게도 마물이 하나도 보이지 않았다.

"……누가 한바탕 사냥을 마친 모양이네. 덕분에 살았어."

"하지만 이렇게 깨끗이 청소를 해둘 필요가 있었을까요."

"웬 터무니 없는 녀석이 지나간 것일지도 몰라. ……이런, 조심해. 몇 마리가 남아있어."

알리시아의 당부에 세인과 메리아가 긴장감을 띠었다.

방 중앙에는 고블린의 상위종인 홉 고블린이 있었다. 홉 고블린은 일반적인 고블린보다 체격이 크고, 잔머리까지 돌아가는 까다로운 적이다. 게다가 커다란 방의 천장 주변에는 인간의 머리만 한 눈알에 칠흑의 날개가 달린 마물, 이블 아이가 날고 있었다. 40층대 후반쯤 되면 마물들도 초반과는 비교가 안 될 정도로 강하다. 어느 쪽도 간단히 처리할 수 있는 마물이 아니었다.

어떻게 대처해야 할까.

세인 일행이 고민하던 도중 갑자기 거대한 창이 날아와 홉 고블린과 상공의 이블 아이를 꿰뚫었다.

"어?"

마물들은 세인의 눈앞에서 고깃덩어리로 변해 쓰러졌다.

"지금 그건……."

알리시아가 중얼거렸다. 동시에 세인과 메리아도 눈을 동그랗게 떴다.

"빛의 마법이었죠?"

"맞아. ……그것도 꽤 고위 마법이다."

무시무시한 위력은 물론, 전혀 낭비가 없는 세련된 마법이었다. 세인은 마치 자기 자신의 힘과 마주한 듯한 착각에 빠졌다. 그야말로 신도 놀랄만한 완성도였다.

"뭐 하는 분들이시죠?"

누군가가 지척에서 세인 일행에게 말을 걸어왔다. 목소리에 놀라 뒤를 돌아보니 어느새 검사 하나가 서 있었다. 놀라지 않은 것은 메리아뿐. 그녀는 검사가 다가오는 걸 알고 있었던 모양이다. 메리아의 오른손이 이미 단도에 가 있었다.

"너는…… 부회장이었던가."

그 소녀가 낯익었던 세인은 기억을 더듬어 그녀의 정체를 떠올렸다.

위험한 분위기와는 달리 아름다운 용모를 지닌 소녀였다. 남색의 머리카락은 길게 내려와 있었고, 날카로운 눈동자는 투명한 호박색이다. 단정한 눈썹과 또렷한 콧날. 그리고 눈처럼 흰 피부. 미술품을 방불케 할 정도의 품격이 느껴졌다.

"뭘 넋 놓고 보고 있는 건가요."

"아얏?! 무, 무슨 소리냐, 메이드! 내가 언제 넋을 놓았다고……."

정강이를 걷어차인 세인이 고통스러운 신음을 내뱉었다.

소란스러운 모습에 경계를 풀었는지 부회장 에밀리아의 분위기가 약간 누그러졌다. 그녀는 세인과 메리아 두 사람을 대놓고 빤히 관찰하더니, 입을 열었다.

"며칠만이군요. 당신들은 잘 기억하고 있습니다."

"그거 영광이군. ……너도 탐색이 목적인가?"

"아뇨. 저희는 수련을 위해서 왔습니다. 저는 들러리지만요."

그렇게 말하며 에밀리아가 뒤를 돌아보았다. 그곳에는 금발의 남학생이 있었다.

"알리시아 레미아. 설마 네가 이런 곳까지 올라올 줄이야."

황금빛의 눈동자가 범상찮은 위광을 발했다. 부, 명성, 권력. 세인은 그러한 것들을 마음대로 휘두르고 다니는 자들과 지금껏 여러 차례 마주해 왔지만, 눈앞의 소년은 그들에게 절대 뒤지지 않는 위용을 과시하고 있었다. 오히려 그들 이상의 격을 가진 듯한 기분마저 들었다.

학생회장 카인 테레지아. 중등부의 정점에 군림하는 자.

그런 사내가 어째서인지 알리시아에게 싸늘한 시선을 보내고 있었다.

"······당신과는 관계없잖아."

"없지 않다. 너는 나와 마찬가지로 빛의 일족이니까."

카인이 계속 말했다.

"일족의 수치라는 말까지 들으면서도 아직 이 학교에 매달리는 건가. 나쁜 말은 않겠다. 얼른 자퇴해라. 너는 마법과 무관한 일상을 보내야 해."

"그러니까, 그건 내가 정할 문제라고······."

"분수에 맞게 살라고 말하는 거다. 아마 여기까지 올 수 있었던 것도 거기 있는 세인 포스티스의 종자 덕분이겠지."

카인이 메리아를 보며 말했다. 알리시아는 입술을 깨물며 분한 표정을 지었다.

"그건 흘려듣지 못할 말이군."

그때 세인이 알리시아와 카인 사이에 끼어들며 말했다.

"우리가 여기까지 도달할 수 있었던 것은 알리시아의 힘 덕분이다. 메이드도 확실히 강하지만, 그것만으로는 부족해. 우리는 미스 골드가 꼭 필요하다."

"세인……."

"아니면 뭐지? 미스 골드의 실력이 나보다 떨어진다고 말하고 싶은 건가? 마력측정 F랭크, 체력측정 E랭크를 받은 이 나보다!"

"하아. 조금 전까지 좋았잖아요."

가슴을 펴고 당당히 말하는 세인의 모습에 메리아가 중얼거렸다.

"재능의 유무를 탓하는 게 아니야. 재능보다 목표를 우선하는 것도 본인의 자유다. 하지만 그로 인해 피해가 생기는 건 간과할 수 없다."

"무슨 뜻이지?"

"우리는 빛의 일족이다. 그리고 레미아 가는 테레지아 가의 분가지."

카인의 설명에 세인은 알리시아를 쳐다보았다. 알리시아는 고개를 살짝 끄덕였다.

"내 종조부, 즉, 거기 있는 여자의 할아버지가 어둠의 계보를 가진 여성과 결혼해 아이를 낳았다. 그 이후 양쪽 가문은 분리되었지만, 관계가 끊어지지는 않았지. 할아버지 대에서 빛의 계보 이외의 피를 섞어버린 레미아 가문은 현재 멸문 위기에 처해있을 터. 그런데도 거기 있는 여자는 계속해서 불의 마법을 사용하고 있다. 설령 그 실체가 불의 마법이 아니더라도 다른 사람들의 눈에는 그렇게 보이는 게 문제다. 이대로는 스스로 가문에 종지부를 찍는 꼴이나 다름없지. ……다행히 너는 서류상 빛의 계보로 등록되어 있다. 일족의 부흥을 위해서라도 그 이상 꼴사나운 짓은 관둬라. 네 노력 따위 그 누구도 원하지 않아."

세인은 무슨 상황인지를 이해했다. 두 사람은 6촌 친척이고 본가인 카인의 입장이 더 높은 모양이었다. 요컨대, 카인에게 레미아 가의 쇠퇴는 달갑잖은 일인 것이다. 비록 한 차례 다른 계보의 피가 섞이기는 했지만, 그 이후 계속해서 빛의 계보를 가문으로 들인다면 레미아 가도 지위를 회복할 수 있다. 하지만 알리시아가 불의 마법을 계속 사용한다면 방해가 된다. 알리시아가 불의 마법으로 활약하면 할수록 세상 사람들의 눈에는 레미아 가문이 빛의 일족 지위를 버렸다고 생각할 테니까. 그럴 바에는 차라리 모든 활동을 멈추고 알리시아가 빛의 계보라는 이미지를 지키는 편이 일족을 위한 길이라고 생각하는 듯했다.

하지만 세인은 불손한 미소를 지으며 말했다.

"그렇다면 미스 골드가 옳다. 미스 골드는 빛의 마법을 습득하기 위해 이번 탐색에 임했지. 네게도 그녀가 빛의 마법을 습득하는 것은 나쁘지 않은 이야기 아닌가? 네가 보기에는 꼴사나운 짓일지 몰라도 당사자는 필사적으로 노력하고 있다."

"성과를 내지 못하는 노력 따위는 아무런 의미가 없다. '빛의 마법을 배우기 위해'라는 변명을 지금까지 몇 번이나 들었는지."

"몇 번이든 문제 될 건 없어. 그게 진심인 이상."

세인이 힘을 담아서 되받아쳤다. 그리고 계속해서 말했다.

"면담 때 나눴던 대화를 기억하고 있나? 너는 내게 기대한다고 말했지. 그렇다면 좀 더 나를 믿어보는 게 어때?"

사실상 지난 일을 물고 늘어지는 것이나 다름없는 발언이었다. 불현듯 에밀리아로부터 살기가 피어올랐다. 동시에 세인의 곁에 있던 메리아가 단도로 손을 뻗으며 에밀리아를 노려보았다.

두 사람이 서로를 노려보는 가운데, 카인은 얼굴을 찌푸리며 물었다.

"왜 그렇게까지 알리시아 레미아를 감싸지?"

"지금 그게 중요한가? 네가 판단해야 할 것은 나를 믿느냐 마느냐다."

날카롭게 딱 잘라 말하는 세인. 이유는 중요하지 않으니 무조건 받아들이라고 말한 거나 다름없었다. 에밀리아는 대답할 가치도 없다는 듯이 기막혀하는 표정을 지었다. 하지만 카인은 미소지었다.

"그럼 한번 믿어보지."

카인의 말에 에밀리아가 눈을 휘둥그레 떴다.

"아주 어렴풋이, 그때 네게서 뭔가 강력한 힘 같은 걸 느꼈다. 지금은 전혀 느껴지지 않는다만…… 그게 기분 탓이 아니었기를 바란다."

그 말을 남기고 카인은 일행의 곁을 떠나갔다. 에밀리아는 여전히 못마땅한 눈치였지만 그의 뒤를 따랐다.

면담 때 세인의 봉인구 하나가 망가져 있긴 했지만, 그래 봐야 티조차 나지 않을 수준이었다. 그런데도 카인은 그 약간의 틈새로 세인의 힘을 엿본 것이다. 역시 그는 평범한 인물이 아니었다.

유유히 떠나가는 두 사람을 세인 일행은 말없이 지켜보았다.

두 사람이 보이지 않게 되었을 무렵, 세인은 알리시아를 바라보았다.

"어, 저기, 그러니까……."

알리시아가 시선을 피하며 우물쭈물했다. 세인은 그 모습에 눈을 동그랗게 떴다.

"너답지 않군."

"뭐?"

"평소의 귀신 같은 기백은 어디로 갔지? 나는 틀림없이 '네 도움 따위는 필요 없었어!'라면서 화낼 줄 알았다만. ……감기라도 걸렸나?"

놀리는 듯한 세인의 말투에 알리시아는 가볍게 웃음을 터트렸다.

"만약 능력측정에 정신력을 측정하는 항목이 있었다면 너는 A랭크였을 거야."

"음. 정신력은 자신 있는 편이다."

알리시아는 완전히 기운을 차린 것처럼 보였다. 하지만 얼마 지나지 않아 다시 고개를 밑으로 떨구었다.

"있잖아, 세인. 너는 왜 날 믿어주는 거야?"

조금 전 카인과 나눴던 대화를 신경 쓰고 있는 것이리라. 세인은 즉답했다.

"몇 번이나 말했을 텐데. 나와 미스 골드는 동류다. 네 각오가 얼마나 강한지는 내가 제일 잘 알아."

"……그것참 고맙네요."

호언장담하는 세인의 모습에 알리시아는 쓴웃음을 지었다.

그 웃음이 사라진 뒤, 한순간 쓸쓸한 표정이 스쳐 지나갔지만 알아챈 사람은 아무도 없었다.

"자, 움직이자. 이런 곳에 멍하니 서 있을 수는 없으니까."

"훗. 그 기세다."

일행은 카인과 에밀리아가 마물을 처치해 놓은 사이에 서둘러 방을 빠져 나갔다. 세인이 가진 지도에는 메리아의 탐지 마법으로 찾은 새로운 목적지가 표시되어 있었다. 커다란 방을 빠져나와 주변에 마물이 없음을 확인한 세인은 다시금 미궁을 답파해 나가기 시작했다.

"여기는 처음 와 보는 곳이네……."

미궁 탐색을 재개한 일행은 온갖 괴상한 루트를 전전해야 했다. 계단 뒤에 숨겨진 방으로 들어가, 바닥에 뚫린 구멍으로 떨어지고, 그렇게 거대한 미로를 헤매다가, 벽 밑의 틈새로 기어 나와, 다시 새로운 구역에 도달했다. 마물과의 교전도 부쩍 늘어났다. 마물이 쌓여 있다는 말인즉 다른 사람의 발길이 닿지 않았다는 증거였다.

"도착했네요."

메리아가 말했다. 겉보기에는 그냥 막다른 길이었다. 하지만 메리아의 탐지 마법은 이 막다른 길을, 엄밀히 말하자면 이 너머를 가리키고 있었다.

"여기서 학생증을 사용하면 되는구나."

"하지만 뭘 어떻게 사용하라는 거지?"

"글쎄? 그냥 갖다 대면 되지 않을까?"

그렇게 말한 알리시아는 학생증을 꺼내 들어 바닥과 벽

에 학생증을 이리저리 대보거나 치거나 했다. 그러자 그중
에 정답이 섞여 있었는지 막다른 길이 살짝 빛나며 종이에
물감이 번지듯 사라졌다.

"역시."

눈앞의 광경에 세인이 중얼거렸다.

장엄해 보이는 순백의 문이 눈앞을 가로막고 있었다. 누
군가 숨겨 놓은 장치가 분명했다. 문에는 아름다운 여성과
그 여성으로부터 검을 하사받는 청년의 모습이 그려져 있
었다.

"제법인걸. 미스 골드는 혹시 두뇌파인가?"

"설마. 이 정도로 머리를 굴려본 건 오랜만이야. ……하
지만 이번 탐색에는 내 꿈이 걸려 있으니까. 설렁설렁할
수는 없지."

떨거지라는 비난을 받을지언정 알리시아는 어엿한 명문
학교의 학생이다. 전투 경험뿐만 아니라 사고력도 그만한
수준은 있었다.

문이 저절로 열리며 새로운 길이 보였다.

"아자! 여기까지 왔으니 반드시 성검을 찾겠어! 그 고지
식한 학생회장한테 한 방 먹여 줄 거야!"

의기양양하게 앞으로 나아가는 알리시아를 세인이 뒤따
랐다.

바로 그때, 문 안쪽에서 여러 장 겹친 검붉은 마법진이

날아왔다.

"……어?"

마법진이 알리시아에게 닿은 순간, 그녀를 둘러싸듯 마법진이 펼쳐졌다.

검붉은 색 수상한 빛을 뒤집어쓴 알리시아는 눈을 동그랗게 뜬 채로 경직했다.

"이런, 날 붙잡아!"

손을 뻗으며 세인이 외쳤다. 마법진 안쪽에서 알리시아 또한 손을 뻗었다. 하지만 그 순간 마법진이 강렬하게 빛나며 눈앞을 빛으로 가득 채웠고, 원래대로 돌아왔을 때, 알리시아의 모습은 어디에도 없었다.

"제길! 당했다!"

아무것도 붙잡을 수 없었던 손바닥을 움켜쥐며 세인이 초조함을 드러냈다.

분단되고 말았다. 이건 강제전이 함정이다. 미궁에서 흔히 보는 함정이지만, 특히 조심해야 한다. 한순간의 방심이 빈틈을 만들고 말았다.

그리고 덧붙이자면…… 아마도 '저것'은 단순한 함정이 아니다.

"세인 님, 지금 건 혹시……."

"그래. 그 마법진…… 틀림없어."

"어떻게 할까요?"

잡담을 나누고 있을 여유는 없다. 망설이는 시간조차 아까웠다. 세인은 신속하게 대책을 짜냈다.

"……여기서 내가 움직이는 건 현명한 판단이 아니야. 섣불리 자극하면 놓칠 가능성이 있다."

"그럼 제가 가는 수밖에 없겠네요."

"미안하군."

"아니에요. 알리시아 님이 걱정되니 금방 다녀올게요."

그렇게 말한 뒤, 메리아는 잠시 입을 다물었다.

메리아의 검은 눈동자와 세인의 푸른 눈동자가 교차했다.

"부탁한다. 메리아."

세인이 그녀의 이름을 불렀다. 그러자 메리아의 전신에 따스한, 그리고 강력한 힘이 샘솟았다.

"네에."

여느 때처럼 느긋한 말투로 대답하는 메리아.

그녀 눈동자는 금빛으로 빛나고 있었다.

오랫동안 계속되는 부유감(浮遊感). 어지럽게 스쳐 지나가는 광경. 어디서 어디로 향하고 있는 것일까. 정신을 차렸을 때, 알리시아는 바닥을 잃은 채 낙하하고 있었다. 그녀는 다급히 불의 마법을 사용했다.

"화염이여, 바람이 되어 포화를 견뎌라. 반 플라르고!"

알리시아가 밑을 내려다보며 외치자 아래쪽에서 폭발이

일어났다. 직후, 거친 바람이 위로 몰아쳤다.

다소 속도를 줄이는 데는 성공했으나, 결국 바닥에 기세 좋게 충돌하고 말았다.

"아야야얏……. 으, 역시 방어마법은 나랑 안 맞아……."

약간의 타박상을 입기는 했지만 움직이지 못할 정도는 아니었다. 천천히 몸을 일으켜 몸 상태를 확인한 뒤, 알리시아는 옷에 묻어 있던 흙을 떨어냈다. 회복마법을 사용할 수 없으니 팔다리가 멀쩡한 건 천만다행이었다. 그녀는 안심하며 주위를 둘러보았다.

"에휴. 여긴 어디야?"

문득, 마법진에 붙잡혔던 것이 생각났다.

전이 함정인가. 그렇다면 방심한 사람의 잘못이다. 성검이 코앞이라는 생각에 그만 긴장을 늦추고 말았다.

"……모르는 곳이네."

초등부 때부터 제니퍼 왕립 마법 학교의 학생이었던 알리시아에게 미궁 '개벽의 마천루'는 익숙한 앞마당이나 다름없었다. 하지만 지금 이곳은 처음 보는 장소였다. 다만 그건 이곳도 미지의 성검으로 이어지는 길 중 하나라는 의미이기도 했다. 어찌 됐건 그 새하얀 문을 넘어 도달한 장소인 것이다.

눈에 들어온 풍경은 알고 있던 미궁과 달랐다.

미로, 방, 통로라 할 만한 게 없었다. 그저 거대한 동굴이 끝없이 펼쳐져 있을 뿐이었다.

손바닥에 지핀 화염을 불빛 삼아 알리시아는 계속 걸어 나갔다.

"저건……."

무언가 기척을 느끼고 발을 멈추었다.

인간도, 동물도 아닌 마물이었다. 알리시아는 벽을 등지고 조심스레 그 모습을 확인했다.

이질적인 마물이었다.

송곳니며 발톱, 날개와 꼬리까지. 짐승 같은 거대한 무언가가 우두커니 자리를 지키고 있었다. 사납게 굶주려 있지도 않았고, 그렇다고 여유롭게 늘어져 있지도 않았다. 마치 석상처럼 묵묵히 위압감을 발하고 있었다.

알리시아는 숨죽이며 관찰했다. 다른 마물들과는 명백하게 격이 달랐다.

무엇보다 그 마물은 전신에 검붉은 아지랑이를 두르고 있었다.

"핏빛으로 물든 마물……. 세인이 충고한 녀석인가."

그런 마물을 발견하면 바로 도망치라는 말을 들었는데, 그때는 무슨 말인지 이해하지 못했지만, 지금이라면 알 것 같았다. 다른 마물 대하듯 함부로 맞설 만한 상대가 아니었다.

마물에서 피어오르는 검붉은 화염이 치직치직 소리를

냈다.

저 마물을 혼자서 쓰러트리기는 불가능해 보였다. 하지만.

"도망치고 싶어도…… 길은 저 녀석 너머로 이어져 있는 걸……."

이곳으로 오는 동안 다른 길은 없었다. 돌아가든 나아가든 저 마물을 통과하는 수밖에 없었다.

동료들의 구조를 기다려야 할까? 알리시아는 메리아를 떠올렸다. 그녀의 실력이라면 가능할지도 모른다. 하지만, 메리아는 아직 이 미궁에 익숙하지 않다. 여기까지 오는데 얼마나 걸릴지 알 수 없었다. 그때까지 자신이 무사하다는 보장도 없었다.

구조를 기대하긴 어렵다면 체력이 있을 때 움직여야 했다. 세인의 충고를 따를 수는 없어 보였다.

왜 하필 지금이란 말인가. 성검이 눈앞에 있건만, 어째서 하필 지금 이런 위기에 처한단 말인가. 조금만 더 시간이 있었다면, 성검을 얻은 뒤였다면 저런 마물 따위는 손쉽게 물리칠 수 있었을 텐데.

"이런 곳에서…… 누가 포기할 줄 알고!"

각오를 다진 알리시아는 마물 앞으로 뛰쳐나갔다.

"겁화여, 모든 것을 불태워라. 플레어!"

선수필승. 그것 말고는 방법이 없다고 생각한 알리시아가 마법을 발동했다. 열기가 모여 포환처럼 마물을 향해 날아갔다. 알리시아의 전력이었다. 이걸로 쓰러지진 않겠지만, 조금이나마 틈을 만들어야 했다. 죽을 상황을 죽을지도 모르는 상황으로 바꿔야 했다.

하지만 알리시아의 계산은 빗나갔다.

마법이 마물에게 다가갈수록 힘을 잃더니, 결국 자그마한 불티조차 닿지 않았다.

"……이럴 수가."

마물은 태연하게 서 있었다. 단지 그것만으로도 알리시아는 모든 선택지를 잃어버리고 말았다.

알리시아가 굳어있자 마물이 서서히 입을 열더니 괴상한 소리로 울부짖기 시작했다. 고음과 저음의 이중주가 동굴에 울려 퍼졌다. 그러자 허공에 느닷없이 구멍이 생기더니, 안에서 온갖 마물이 쏟아져 나왔다.

고블린, 하운드독, 이블 아이. 본 적 없는 마물도 있었다.

"대체 뭐야, 이게……."

본 적 없는 마물. 본 적 없는 현상.

떠밀려오는 공포를 뿌리치듯 알리시아는 손을 앞으로 내밀었다.

"플레어!"

화염구가 마물들을 불태웠다. 적이 많을 때는 '베레 플레엄'이 효과적이지만, 시간 여유가 없을 때는 어쩔 수 없었다.

"플레어, 플럭스…… 플럭스, 플럭스, 플럭스!"

마법을 연발하는 알리시아. 하지만 그보다 빠른 속도로 새로운 마물이 쏟아져 나왔다.

알리시아의 초조함은 점점 늘어만 갔다. 살아 돌아가겠다는 다짐이 꺾이고. 마물을 쓰러트리겠다는 의지도 꺾였다. 도망치기도 포기했고, 끝내는 마법을 사용하는 것마저 포기했다.

"젠장, 젠장, 젠장!"

이때가 돼도 검붉은 마물은 움직이지 않았다. 그저 내려다보고만 있을 뿐이었다. 알리시아는 분노를 느꼈다. 하지만 무엇보다 화가 나는 건 마지막까지 얕보이며 죽는 자신이었다.

"……아."

문득 정신을 차렸을 때, 눈앞에는 마물의 산이 있었다.

마물의 산더미 속에서 셀 수 없이 많은 눈동자가 알리시아를 빤히 쳐다보고 있었다. 마물들은 전혀 두려워하지 않았다. 어느 쪽이 우세하고 어느 쪽이 열세인지를 아는 것이다. 알리시아가 눈을 부릅뜨고 굳어있자 마물들이 곧 무너져 내리듯 들이닥쳤다.

그때, 어디선가 물소리가 들렸다.

마치 물결이 일 듯 파동이 주변으로 퍼져나갔다. 파동이 알리시아의 몸에 닿자 다시 몸속에서 파동이 일었다. 파동은 마물들을 지나 미궁 벽 너머로 사라졌다.

직후, 시원스러운 칼 소리가 들려왔다.

마물의 산이 잘려 순식간에 핏덩어리가 되었고, 제 무게를 못 이겨 콰직, 콰직 찌부러지기 시작했다. 곧 마물의 산은 완전히 무너졌다.

무너진 산 너머에 낯익은 소녀가 있었다.

"괜찮으신가요?"

평소처럼 느긋한 말투였다.

알리시아는 그 말투가 너무나도 믿음직스러웠다.

"응……."

"죄송합니다. 조금 늦었습니다."

메리아의 물음에 알리시아가 힘없이 대꾸했다.

공손하게 머리를 숙이는 그 모습은 그야말로 메이드의 귀감이었다. 옷에도 얼룩 한 점 묻어 있지 않았다. 다만 알리시아가 알고 있던 메리아와는 조금 달랐다. 그녀의 검은 눈동자가 황금색으로 빛나고 있었다.

"역시 있었군요."

메리아가 검붉은 짐승을 보며 말했다.

그토록 움직일 기미를 보이지 않던 마물이 메리아의 모습을 보자마자 전신의 털을 꼿꼿이 세우며 경계하기 시작했다. 메리아 또한 단도를 거머쥐며 주변을 살폈다.

무너진 산에서 기어 나온 마물들이 메리아를 향해 달려

들었다.

"플럭스!"

그것을 알리시아가 저지했다.

알리시아는 마물들을 날려버리며 메리아의 곁으로 향했다.

"와준 건 고마운데, 달아나기 위한 계획은 있는 거야?"

"물론 있죠. 정면 돌파할 거예요."

"……그건 계획이라고 안 해."

"하지만 달리 방법이 없는걸요……. 일단은 조무래기들부터 처리하기로 하죠."

"……알았어. 조심해. 저놈은 다른 마물을 소환하는 능력이 있어."

"괜찮아요. 그것도 무한은 아니라서요. 아마 곧 거덜 날 거예요."

이미 알고 있다는 듯 말하는 메리아. 지금 생각해 보면 세인은 저 검붉은 마물을 이미 알고 있었다. 그렇다면 그의 종자인 메리아도 당연히 알고 있으리라.

"저 마물은 대체 뭐야?"

"음, 지금은 바쁘니 나중에 말씀드리죠."

"……하긴 그렇네."

메리아는 평소처럼 무표정한 얼굴로 일관했지만 어쩌면 속으로는 초조함을 느끼고 있을지도 몰랐다. 알리시아는 추궁하는 것을 관두었다.

"이번에는 저도 공격할게요. 저는 까다로운 놈들을 담당하는 거로."

"알겠어. 그러면 나는 수를 줄이는 데 집중할게."

"그럼 시작하죠."

메리아가 마법을 발동하기 위해 눈을 감고 집중했다.

불과 물. 두 마력이 모여 증기가 발생했다.

"영원히 방황하라, 안개 속에 숨은 자들이여. 론도 미스테리아."

대량의 안개가 마물들을 에워쌌다. 그와 동시에 알리시아와 메리아가 산개했다.

"겁화여, 모든 것을 불태워라. 플레어!"

마물들이 몰린 곳에 알리시아가 마법을 날리자 마물의 비명이 울려 퍼졌다.

한편 메이드복을 휘날리며 단검으로 안개 속을 활공하듯 가로지르는 메리아는 낫을 휘두르는 사신같이 보였다.

"방황하는 자들의 거리. 형체 없는 죽음에 비명을 내질러라. 데스 리퍼."

메리아가 추가 영창을 발동했다. 본래 불과 물을 이용한 안개 마법은 잘 알려지지 않은 편이다. 론도 미스테리아도 귀동냥이 있는 정도였는데, 이 마법은 본 적도, 들어본 적도 없었다. 다만 효과는 금세 나타났다.

안개 속에서 짧은 칼날이 번쩍였다. 마물들이 칼날에 반응도 못 하고 썰려 나갔다.

마물이 쓰러질 때마다 메리아가 안개 속으로 녹아들듯 모습을 감추었다.

그녀의 실력은 아무리 생각해도 학생 수준이 아니었다.

메리아가 싸우는 모습을 목격하고 나니 오히려 위화감이 느껴졌다. 어째서 저만한 인물이 이 학교에 다니고 있는 것일까. 그녀는 학생의 자리에 머물 만한 존재가 아니었다.

가슴이 욱신거렸다. 압도적인 실력 차이였다.

"뒤를 조심하세요."

메리아가 넌지시 말했다. 알리시아는 오한을 느끼고 곧장 돌아섰다.

어느새 검붉은 마물이 송곳니를 드러내며 이쪽을 노려보고 있었다.

"플레어!"

마물이 발톱을 휘두르는 동시에 마법을 쏘았다.

거리가 가까워 휘말릴 게 뻔했지만, 알리시아는 본능적으로 가장 익숙한 마법을 썼다. 어중간한 방어마법으로 막을 수 있을 것 같지 않았다.

결국, 알리시아는 폭발 충격으로 튕겨 나갔다. 하지만 검붉은 마물은 여전히 상처하나 없었다.

"크흑······?!"

바닥에 등을 부딪쳐 신음을 흘리며 몸을 일으키자 옆에 메리아가 다가왔다.

"괜찮아요?"

"아, 알고 있으면 좀 도와주지 그랬어······."

"이미 아시겠지만, 저 마물은 마법이 거의 통하지 않습니다. 저도 움직임을 막기가 어려워요······."

미안하다는 목소리로 사과하는 메리아. 아무리 완벽해 보이는 그녀라도 불가능한 게 있는 모양이었다. 조금은 가슴이 진정된 듯한 기분이 들었다.

"메리아. 상황은 좀 어때?"

검붉은 마물로부터 한시도 눈을 떼지 않으며 알리시아가 말했다.

"조무래기들은 소탕이 끝났어요. ······남은 건 저 녀석뿐이네요."

까다로운 개체를 상대한다고 말한 그녀지만 실제로 그 토벌 수는 알리시아의 몇 배에 달하리라. 지금까지 세인이 가운데 끼어있어 깨닫지 못했을 뿐, 메리아와 알리시아의 실력 차이는 명백했다.

알리시아는 소용돌이치는 부정적인 감정을 억눌렀다. 지금은 그럴 때가 아니었다.

"어떻게 하려고, 저거."

"물론 쓰러트려야죠."

"……무슨 수로?"

알리시아의 물음에 메리아는 단도를 칼집에 넣으며 대답했다.

"쓰러트릴 수단이 아예 없는 건 아닙니다. 하지만 단번에 숨통을 끊으려면 빈틈을 노려야 해요. 알리시아 님이 그 역할을 맡아 주셨으면 좋겠어요."

"내가? 저 녀석은 마법이 전혀 안 통하잖아? 빈틈을 만들 방법이 없는데?"

"안 통할 뿐이지 의미가 없는 건 아닙니다. 자세를 무너트리는 정도면 충분해요. 저도 힘을 아끼면서 적당히 공격할 테니, 서로 타이밍을 봐 가면서 빠른 공격으로 밀고 나가죠."

"……참고로 네가 말한 그 마물을 쓰러트릴 기술이라는 건?"

"그건…… 뭐, 빛의 마법 같은 거예요."

그녀의 대답에 알리시아는 자신의 귀를 의심했다.

"저 마물은 빛이나 어둠의 마법밖에 통하지 않아요. 그러니 빛의 마법으로 단숨에 쓰러트려야 합니다."

"너는 오행의 계보잖아?"

"거기까지 설명해 드릴 여유는 없을 것 같네요."

"…………뭐야, 그게."

살짝 가시 돋친 투로 말하는 알리시아. 그때 눈앞에서 검붉은 마물이 포효했다.

"그럼 부탁드릴게요."

"……알았어."

그렇게 말하며 알리시아는 앞으로 나섰다.

"하면 되잖아, 하면!"

알리시아는 단념하고 불의 마법을 던졌다. 온 힘을 다해도 모자랄 상대에게 이것저것 따져가며 싸울 수는 없다. 여러 발의 플레어를 발사한 뒤, 알리시아는 공포를 억누르며 마물에게 몇 걸음 더 접근했다. 그녀가 가장 자신 있는 중거리전으로 끌고 가기 위해서였다.

알리시아의 마법들은 전부 마물에게 닿기 전에 허무하게 사라졌다.

하지만, 수를 거듭할수록 화염구는 조금씩 마물과의 거리를 좁혀나갔다.

"현현하라, 모든 것을 재로 돌리는 화염의 바다. 베레 플레엄!"

알리시아가 대규모의 마법을 발동했다. 체력이 쭉 빨려나가는 감각과 함께 현기증이 일었다. 하지만 마물은 쓰러지지 않았다.

"회전, 집속, 파괴의 환영이여."

뒤를 이어 메리아가 영창을 시작했다.

주위에 떠다니던 안개가 소용돌이치며 그녀의 주위에 모였다.

"우렁찬 포효로 전장의 봉화를 지워라. 미스트 웜."

꿍음과 함께 한줄기 새하얀 빛이 마물을 꿰뚫었다. 알리시아의 전력을 한참 웃도는 위력이었다. 곧 폭발음과 함께 충격파가 벽과 바닥을 타고 알리시아의 발밑까지 전해졌다.

그러나 마물은 아직도 쓰러지지 않았다.

"생각보다 단단하네요."

메리아의 중얼거림과 동시에 마물의 몸에 검붉은 불꽃이 타오르기 시작했다. 강렬한 오한을 느낀 알리시아가 반사적으로 몸을 날리자, 바로 옆을 화염의 광선이 꿰뚫고 지나갔다.

"대체 어떻게 해야……."

상하좌우로 검붉은 화염이 쏟아져 내렸다. 광선부터 화염구까지. 공격이 마구잡이로 날아드는 바람에 반격은커녕 피하기 급급했다. 틈을 발견해 플럭스를 발사해 봤지만, 효과는 전혀 없었다.

문득, 조금 전에 메리아가 했던 말이 뇌리를 스쳤다.

'저 마물은 빛이나 어둠의 마법밖에 통하지 않아요.'

자신의 손바닥을 바라보았다. 여기저기 긁히고 베여 어렴풋이 피가 배어났다. 만약 이 손으로 빛의 마법을 쓸 수

만 있다면 저 마물도 이길 수 있을 거다. 메리아에게 의지
하지 않아도 된다.

기적을 믿어보기로 했다. 배수진. 위급할 때 발휘된다는
잠재능력. 영웅담처럼 숨겨져 있던 힘을 각성하려면 지금
밖에 없다. 하지만…… 마법을 사용하기 직전, 어째선지
세인이 했던 말이 되살아났다.

'우선은 불의 마법을 갈고닦아라. 그러다 보면 네 재능도
개화할 거다.'

그 영문 모를 한마디가 왠지 모르게 알리시아의 마음속에
울려 퍼졌다.

"겁화여, 모든 것을 불태워라. 플레어!"

자신을 향해 날아오는 화염 광선을 회피한 뒤, 알리시아
는 얼마 남지 않은 힘을 쥐어짜 마법을 발동시켰다.

거대한 화염구가 빠른 속도로 허공을 가로질러 마물을
향해 날아갔다. 거대한 화염구도 마물에게 다가갈수록 힘
을 잃어갔지만, 다 사라지기 전에 결국 마물에 닿았다.

알리시아는 눈을 휘둥그레 뜨며 자신의 전과를 확인했다.

처음으로 마물이 신음을 흘렸다. 처음으로 마법을 맞췄다.
지금 두 눈으로 그 결과를 똑똑히 보았다.

"꼴 좋다!"

괴로워하는 마물과 그것을 보며 경악하는 메리아의 모
습이 시야에 들어왔다.

바라 마지않던 최고의 광경이었다.

"도와줘서 고마워요."

알리시아가 승리감에 젖어 있던 때, 메리아가 안개 속에서 나타나 마물의 머리 뒤로 달려들었다.

그녀의 높게 치켜든 팔이 눈 부신 빛을 발했다.

"두 번째 종자의 증표. 심 세이버즈."

순식간에 벌어진 일이었지만 알리시아는 똑똑히 보았다. 빛이 메리아의 팔로 흘러들어 검으로 변하는 모습을. 흑발 너머로 엿보이는 황금빛의 두 눈동자가 검과 함께 기다란 잔상을 그렸다.

섬광 같은 단 한 번의 공격.

그 공격 한 번에 그토록 무시무시하던 검붉은 마물이 허무하게 두 쪽으로 갈라졌다.

"아하, 아하하. 뭐야, 이게……."

고깃덩어리로 변한 마물을 눈앞에 두고 알리시아는 바닥에 주저앉아 중얼거렸다.

흑발의 종자, 메리아는 평소와 다름없는 침착한 태도로 호흡을 가다듬고 있었다.

마음속에 검은 물방울이 똑, 하고 떨어졌다.

그렇게나 분투했건만 결국 메리아의 발끝에도 미치지 못했다. 자신이 한 건 고작해야 약간의 틈을 만들어낸 것뿐이었다. 단순한 화력조차 메리아 쪽이 위였다.

"……놀랐어. 네가 강한 줄은 알고 있었지만, 이 정도였을 줄이야."

"놀란 건 제 쪽이에요……. 설마 불꽃 마법으로 그 마물한테 공격을 먹이다니."

저 말은 비꼬는 말일까. 알리시아는 웃으며 얼버무렸다.

"너는 왜 세인 같은 녀석을 섬기고 있는 거야? 그만큼 강하면 다른 일자리도 얼마든지 구할 수 있을 텐데."

순수한 의문이었다. 물론 악의는 없었다. 하지만 객관적으로 봤을 때, 세인과 메리아는 너무나 동떨어져 있는 존재였다.

"그건……."

어쩐지 대답을 흐리는 메리아. 그 모습에 알리시아는 불길한 예감을 느꼈다.

그 녀석이 설마.

"둘만 있으니까 하는 말인데요. 실은……."

길지도, 짧지도 않은 시간 동안 두 소녀는 대화를 나누었다.

이야기가 끝나갈 무렵 헐레벌떡 다급한 발소리가 가까워져 왔다.

"미, 미안하다! 생각보다 늦어졌다!"

초조한 목소리로 외친 것은 다름 아닌 세인이었다.

흑발에 푸른 눈동자. 독특한 생김새를 지닌 그 소년을 본 순간, 반사적으로 알리시아의 눈매가 사나워졌다.

"두 사람 모두, 괜찮……."

"도대체가 너란 인간은!"

알리시아가 세인의 말을 가로막으며 고함쳤다.

"이렇게 귀여운 소녀의 약점을 쥐고서 억지로 따르게 만들다니, 최악이야!"

"갑자기 무슨 소리냐?!"

어머니가 딸을 감싸듯이 메리아를 꼭 끌어안는 알리시아.

영문 모를 전개에 세인은 당황을 금치 못했다.

이래 봬도 세인은 사력을 다해서 달려왔다. 걸림돌 취급받는 무력한 몸뚱이를 이끌고 세인은 위험한 미궁 속을 단신으로 주파해 왔다. 위험에 처한 동료를 구하기 위해. 종자인 메리아를 보냈어도 불안이 사라지진 않았다. 어쩌면 자신이 할 수 있는 일이 있을지도 모른다. 설령 없다 하더라도 항상 곁에 있는 것이 진정한 동료라는 생각에 세인은 뒤도 돌아보지 않고 두 사람의 곁으로 향했다. 때로는 숨죽여 마물들이 지나가기만을 기다리고, 또 때로는 아슬아슬하게 함정을 회피해 가면서. 그리고 마침내 도착한 결과…….

"정말 진심으로! 가슴에 손을 얹고! 아까 그건 사실이 아닌 거지?!"

"그러니까 그렇다고 몇 번이나 말했잖아!"

세인은 정좌한 채로 항변하고 있었다.

"……믿을 수가 없어."

"뭘 어떻게 하면 믿어줄 건데……."

"네가 성의를 보이기만 하면 돼."

알리시아가 딱 잘라 말했다. 알리시아는 세인을 쓰레기 보듯 쳐다보고 있었다. 어째서 이렇게 된 건지 세인은 아직도 이해할 수 없었다. ……하지만, 대충 예상은 갔다. 저 음흉한 무표정녀 탓이 확실했다.

시선을 슬쩍 메리아에게로 향했다. 그녀의 눈동자는 원래의 검은색으로 되돌아온 상태였다. 그리고 그 입가에는 짓궂은 미소가 걸려 있었다.

"어딜 보는 거야."

악마의 형상을 한 알리시아의 압력에 세인은 허둥지둥 시선을 바로잡았다.

"흥! 메리아한테 도움을 요청해도 소용없어! 이 애는 더 이상 네 말대로 놀아나지 않을 테니까! 메리아는 극악무도한 주인과 맞서 싸우기로 했거든!"

"누가 극악무도한 주인이야! 누가!"

"그럼 이번이 정말 마지막이야. 신에게 맹세코, 그리고 내게 맹세코 솔직하게 대답해. 당신은, 메리아에게, 억지로 봉사를 강요하고 있습니까?"

"자, 잠깐만! 시, 신에게 맹세하는 것만은 빼주면 안 될까? 저기, 너한테는 얼마든지 맹세할 테니······."

"응, 유죄!"

"어째서?!"

"신에게 맹세할 수 없다며? 켕기는 부분이 있다고 인정하는 꼴이나 마찬가지잖아!"

"아아아아악! 그게 아니야! 아니지만······ 끅, 끄으으윽! 아, 알겠다······. 시, 신께····· 맹세에에·····합, 니다·····!"

"잘 들리도록 똑바로 말해."

"신에게, 맹세합니다!"

뭔가 심각한 갈등에 시달리듯 세인은 머리를 부여잡으며 맹세했다.

"크오오오오오옷! 시끄러워, 시끄럽다고, 여신! 머릿속에서 떠들지 말라고 몇 번을 말해야 알아먹겠어! 크아아아아아악!"

그리고 갑자기 괴성을 내지르기 시작했다.

"제길! 일일이 기뻐하지 마! ······뭐?! 사랑을 맹세한 사이?! 잠꼬대는 자면서 해! 나는 네가 아니라 다른 여신한테 맹세했단 말이다! 누가 너 같은 여신한테 맹세를······ 아앗! 또 그렇게 울기 시작한다! 뭐 이렇게 까다로운 여신이 다 있어! 어린애냐! 평소에는 병적일 정도로 걱정하는

주제에 조금만 소리치면 금방, 이 꼴이야! 자, 잠깐! 내가 잘못했으니 어서 울음을 그쳐 줘! 네가 울면 또 천사들이 날 괴롭힌단 말이…… 끄아아아아악!"

바닥을 데굴데굴 굴러다니며 고통에 몸부림치는 세인.

알리시아는 그 모습을 이상하다는 듯 쳐다보고 있었다.

"대충 사정은 이해했어요……. 고생이 많으시네요."

"……이, 이게 다 누구 때문인데."

위로의 말을 건네는 메리아를 세인이 원망스럽게 바라보았다. 따지고 보면 모든 일의 원흉은 이 소녀다. 무표정한 얼굴로 혀를 빼꼼히 내민 소녀는 알리시아에게 말을 걸었다.

"알리시아 님, 죄송해요. 아까 그건 농담이었어요."

"정말로? 무리하는 거 아니야?"

"정말이에요."

"……그럼 다행이지만."

그리하여 오해는 무사히 풀렸다. 세인은 안도하며 가슴을 쓸어내렸다. 그리고 앞으로 두 번 다시 이러한 사태에 빠지지 않도록 알리시아에게 단단히 일러두었다.

"정말이지, 착각도 유분수지. 미스 골드여. 지금 우리의 관계를 잘 봐라."

의아한 표정으로 세인과 메리아를 바라보는 알리시아. 세인은 다시금 말했다.

"어딜 어떻게 봐도 약점을 잡힌 쪽은 나잖나."

"……확실히."

의외로 간단히 납득하자 세인은 벌레 씹은 얼굴이 되었다.

그러자 메리아가 세인의 옷자락을 붙잡으며 말했다.

"세인 님, 저도 세인 님한테 약점을 잡혔는걸요?"

"내가 네 약점을? ……짚이는 구석이 없는데?"

"글쎄요……? 대체 뭘까요…… 하아."

메리아가 한숨을 내쉬었다.

"일단은 이곳에서 나가자."

알리시아가 정한 방침에 고개를 끄덕인 일행은 출구로 향했다. 이미 세인과 메리아가 마법진을 사용하지 않고 이 장소까지 도달했기 때문에 헤매지 않고 돌아갈 수 있었다.

한동안 나아갔을 무렵. 메리아는 앞장서 걸어가는 알리시아에게 들리지 않도록 작은 목소리로 말했다.

"저는 아직…… 납득하지 않았어요……."

종자의 중얼거림에 세인은 고개를 갸웃했다.

"무얼?"

"세인 님이 힘을 숨기고 있는 이 상황이요……."

"숨기고 자시고, 이게 나의 본래 모습이다. 지금까지는 여신의 힘을 등에 업고 살아왔을 뿐이야."

"하지만 세인 님은 그런 식으로 바보 취급을 당할 분이 아니에요……."

"……아직도 그 일을 신경 쓰고 있었던 건가."

"이 세상에는 세인 님이 욕을 먹으면 화가 솟구치는 사람도 있다고요."

메리아는 아까 일을 아직 마음에 담아두고 있었다. 세인 일행은 이름도 모르는 학생들에게 바보 취급을 당했다. 떨거지라는 험담을 들어야 했다. ……메리아는 그게 도저히 내키지 않는 모양이었다.

"나는 지금껏 빌린 힘으로 싸워왔다. 내가 단련을 게을리했으니 그런 말을 들었을 뿐이다."

세인이 본심을 전했다. 하지만 메리아는 물러서지 않았다.

"언젠가 찔러 줄 거예요."

토라진 듯 메리아가 말했다. 어지간히도 스트레스가 쌓여 있었던 모양이다.

"그러니까 그런 흉흉한 말은 하지 말래도. 그자들도 딱히 적의가 있어서가……."

"언젠가 세인 님을 찔러 줄 거예요."

"나를 찌른다고?!"

"네. 반드시 찌를 거예요. 남의 마음도 몰라주는 주인님한테 천벌을 내려줄 거예요."

"으, 으그극. 내가 뭘 잘못했단 말인가……!"

평행선이던 두 사람의 주장은 잠시 후 자연스럽게 소멸

했다. 이곳은 미궁이다. 가장 주의해야 할 것은 주변에 만연한 온갖 위험들이었다. 다시 한동안 침묵이 이어졌다.

"그러고 보니 아직 말하지 않았군."

"뭘 말인가요?"

세인은 자신을 대신해 알리시아를 구해 준 메리아에게 잊어버리고 있던 중요한 말을 전했다.

"무사해서 다행이다. 고맙다, 메리아."

"하웃."

대답 대신 묘하게 요염한 목소리가 돌아왔다.

"저, 저기요, 세인 님."

"왜 그러지, 메리아."

"하윽……."

급기야 걸음을 멈추며 움찔하고 반응하는 메리아.

얼굴을 붉게 물들인 그녀를 세인은 어리둥절한 얼굴로 바라보았다.

"그게요, 저기…… 이름으로 막 부르지 말아 주셨으면, 좋겠는데……."

세인은 아차 하고 뒤늦게 사태를 깨달았다.

세인이 메리아를 이름을 의도해서 부른 건 아니었다. 메리아도 이를 모르지는 않았을 것이다. 하지만 그런데도 메리아는 함부로 이름을 부르지 말라고 부탁해 왔다. 얼마나 기분이 나빴으면 그랬을까.

세인은 눈꺼풀 밑에서 흘러넘치려는 액체를 손가락으로 억누르며 떨리는 목소리로 사과했다.

"미, 미안하다. 하긴 그렇지. 싫겠지. 그래, 앞으로 주의할게."

"앗, 아뇨. 딱히 싫은 건 아니고……. 그, 적어도 장소를 가려 주시길 바란달까…… 둘만 있을 때 불러 주셨으면 좋겠달까……."

뭐라고 열심히 중얼거리는 메리아. 하지만 의기소침해진 세인의 귀에는 한마디도 들어오지 않았다.

제4장 혼돈

"저기, 우리 제대로 가고 있는 거야?"

검붉은 마물을 쓰러트리고 위기에서 벗어난 일행은 탐색을 재개했다.

"안쪽으로 향하려면 이곳을 지나가는 수밖에 없다."

세인이 발밑에 주의를 기울이며 답했다. 탐색을 재개한 뒤로도 상당히 복잡한 길을 지나쳐 왔다. 잔해로 된 산을 넘고, 마물이 있는지를 확인해가며 앞으로 나아가는 세 사람.

"엇?"

"왜 그래, 세인? 마물이라도 있어?"

세인이 갑자기 걸음을 멈추자 알리시아가 고개를 갸웃했다. 세인은 통로 안쪽을 빤히 바라보았다.

"아니, 그게 아니라……. 이건 성검인가?"

"진짜?! 어디? 어디에 있는데?!"

"왜, 왠지 모르게 저 앞쪽에 있는 듯한 기분이 들었을 뿐이다."

"그 정도면 충분해! 먼저 간다!"

지치지도 않은 것일까. 알리시아는 잔해들을 뛰어넘어 세인을 앞질렀다. 다행히 마물의 모습은 보이지 않았지만, 너무 막무가내였다. 하지만 세인은 알리시아를 말리지 않앉다.

마침 좋은 기회다. 잠시 메리아와 둘이서 이야기하고 싶은 것이 있었다.

"세인 님, 뭔가 느끼신 건가요?"

"그래. 어렴풋이 여신의 가호 비슷한 것이 느껴졌다. 성검이라 하기에는 불순물이 많은 것 같기도 하다만…… 문제는 그게 아니야. 여신의 가호와 함께 놈들의 기척도 느꼈다."

세인의 말에 메리아의 눈이 가늘어졌다.

"'혼돈' 말인가요?"

"그래. 꽤 가깝다. 언제든지 싸울 수 있도록 준비해 둬."

검붉은 마물을 쓰러트려 고비는 넘겼다고 생각했으나, 아직 이른 판단이었다. 가만히 집중하면 금세 위화감이 느껴졌다. 학교에서 미궁 전이문을 사용했을 때와 마찬가지였다. 원흉이 남아있었다.

"알리시아 님은 어떻게 할까요?"

"……평범한 학생을 우리 싸움에 말려들게 할 수는 없어. 다행인지 불행인지 놈들은 답답할 정도로 겁쟁이다. 저쪽에서 먼저 싸움을 걸어올 리는 없다고 생각한다만…… 아까처럼 함정에 걸릴 수는 있지. 여차할 때는 미스 골드를 데리고 달아나라."

"알겠습니다. 토벌은 세인 님께 맡길게요."

간단한 작전 회의를 마친 뒤, 세인은 멀리 떨어져 있는 알리시아에게 말을 걸었다.

"미스 골드여!"

"뭔데!"

"기뻐하는 것도 좋지만 방심하기에는 아직 이르다!"

"알고 있어! 너희야말로 경계를 늦추지 마!"

확실히 그녀는 주변을 경계하듯 움직이고 있었지만, 어딘가 초조해 보였다.

얼마 전부터 알리시아의 모습이 이상했다. 분명 메리아도 이를 알아채고 있으리라.

"……학생회장이 했던 말을 아직 신경 쓰고 있는지도 모르겠군."

"뭐, 그런 말을 들으면 보통은 그렇겠죠."

"급한 마음에 시야가 좁아지지 않았으면 좋으련만."

불안해하는 세인. 그때 메리아가 문득 생각났다는 듯이 입을 열었다.

"그러고 보니, 세인 님. 실은 알리시아 님을 구출하러 갔을 때, 검붉은 마물과 교전했는데요. 알리시아 님이 마법으로 마물에게 상처를 입혔어요."

"미스 골드가? 정말로?"

"네. 하지만 그건 불의 마법으로 어쩔 수 있는 상대가 아니잖아요?"

"그렇지. 흠……. 미스 골드가 눈을 뜨기 시작한 건가."

혼자서 납득하는 세인. 직후, 알리시아의 목소리가 들려왔다.

"찾았다!"

기쁨에 찬 알리시아의 목소리에 세인과 메리아는 대화를 중단했다. 알리시아가 앞으로 달려나가는 모습이 보였다. 두 사람도 걸음을 재촉해 그녀의 뒤를 따랐다.

"저건……."

탁 트인 곳 한가운데 육각형 제단이 있었다. 제단에는 첫눈이 쌓인 것처럼 새하얀 검 한 자루가 꽂혀 있었다. 세인은 검의 아름다운 자태에 무심코 숨을 집어삼켰다.

"으음? ……정말 성검인가? 아니, 달라!"

격렬한 두근거림을 느낀 세인은 걸고 있던 은색의 목걸이를 손가락으로 뜯어냈다. 봉인되어 있던 힘 일부가 해제되며 세인의 눈동자가 황금빛으로 빛났다.

"세인! 해냈어! 성검이야!"

알리시아가 만면에 미소를 지으며 세인에게 외쳤다. 그러나 세인은 그 검의 본모습을 보고 있었다.

그건 절대 성검이라 부를 수 없는 물건이었다. 오히려 소름이 끼칠 정도였다. 검날과 손잡이가 검붉게 맥박치고 있었으며, 때때로 피 분수 같은 것까지 토해냈다. 그러나 생리적인 혐오감을 자아내는 겉모습이 무색하게도 알리시아는 눈을 반짝이며 그것을 향해 다가갔다.

"떨어져! 그건 성검 따위가 아니야!"

"무슨……."

세인의 외침에 알리시아의 움직임이 멈추었지만 이미 늦고 말았다.

소름 끼치는 검이 저절로 제단에서 뽑혀 나와 공중제비 하듯 알리시아의 손아귀로 빨려 들어갔다. 검의 손잡이가 알리시아의 손에 닿은 그 순간, 검을 중심으로 검붉은 마력이 휘몰아쳤다.

"미스 골드여! 정신을 단단히 붙들어 매라! 절대로 검에게 먹혀서는 안 돼!"

알리시아의 입에서 작은 신음이 새어 나왔다. 하지만 곧 그조차 들리지 않게 되었다. 검에서 검붉은 빛이 사슬처럼 뿜어져 나와 소유자를 휘감더니 이윽고 알리시아의 전신을 완전히 뒤덮었다.

"이건……."

"……성검이 놈들에게 오염되어 있었다. 저 검은 이미 감염원에 불과해."

후회막심한 얼굴로 세인이 말했다.

"내 실책이다. 이쪽에서 미스 골드의 소질을 알아챈 것처럼 저쪽도 그녀의 소질을 눈치챈 거야. 덧붙여 지금 미스 골드는 마음이 약해져 있어. 그곳을 파고들어 왔다."

소름 끼치는 마력에 둘러싸인 알리시아가 고통에 겨운 소리를 냈다. 현재 그녀는 가짜 성검의 마력에 의해 육체와 정신이 변하는 중이다. 이때 외부에서 섣불리 간섭했다가는 어중간하게 변해 평생 돌이키지 못하는 신세가 된다.

"어떻게 할까요? 힘을 사용하실 건가요?"

"……아니, 필요 없어."

메리아의 질문에 세인은 잠시 고민한 뒤 답했다.

"놈들은 미스 골드의 약해진 마음에 들러붙을 생각이다. 힘으로는 사람의 마음을 고칠 수 없지. 지금 해야 할 건 설득이다."

검붉은 마력이 마침내 제 목표를 완수했다. 공기 중에 떠돌던 소름 끼치는 마력은 격류가 되어 알리시아의 몸속으로 흡수되어 갔다. 그리고 소녀가 발하는 압력이 크게 부풀어 올랐다. 의지가 느껴지지 않는 망자처럼 묵묵히 서 있는 알리시아. 그녀로부터 뿜어져 나오는 위압감에 이미 이전의 분위기는 흔적도 없었다.

지금, 알리시아는 인간을 초월해 마물에 가까운 존재로 변모해 있었다.

성검으로 위장해 있던 검은 더 숨을 필요도 없다는 듯이 본래의 추악한 모습을 드러냈다. 그리고 알리시아는 그 검붉은 색의 맥동하는 검을 오른손으로 강하게 움켜쥐고 있었다.

일렁이는 금발 사이로 탁하게 물든 붉은 눈동자가 엿보였다.

그 시선에 꿰뚫린 순간, 세인과 메리아는 각오를 다졌다.

"가자, 메리아. 미스 골드의 세뇌를 풀겠어."

"네에."

전신이 어딘가에 푹 잠겨 있었다.

알리시아는 뭔가 이상한 압력에 둘러싸여 있다는 느낌이 들었다. 따뜻하지 않고, 차갑지도 않다. 다만, 두 가지는 이해할 수 있었다. 그것이 소름 끼치도록 기분 나쁘다는 사실과 그것이 자신의 힘으로는 어찌할 방도가 없는 강대한 무언가라는 사실이었다.

'떨거지.'

누군가의 목소리가 들려왔다.

'일족의 수치.'

'빛의 일족 주제에.'

정신을 차렸을 때, 알리시아는 학교 안에 있었다. 시선을 밑으로 내린 그녀는 자신이 초등부 교복을 입고 있음을 깨달았다. 이것은…… 과거의 기억일까.

'아직도 학교에 있는 거냐.'

초등부 시절의 나날이 지나가고, 눈 깜짝할 사이에 중등부의 일상이 눈앞에 펼쳐졌다. 아직 입학식을 치른 지 얼마

되지도 않았다. 그런데도 주변의 학생들은 벌써 알리시아를 매도했다.

"……시끄러워."

온갖 폭언에 귀를 틀어막았다. 그런데도 소리는 멈추지 않았다.

그리고 어느샌가 눈앞에는 학생회장 카인이 서 있었다.

'네 노력 따위는 그 누구도 원하지 않아.'

'스스로 가문에 종지부를 찍는 꼴이나 다름없지.'

"……그만해."

카인이 하는 말은 전부 정론이었다. 전혀 받아칠 수 없다는 것이 분했다.

세인은 알리시아를 강한 인간이라 생각하고 있으리라. 하지만 실제로는 그렇지도 않았다. 활기찬 태도는 자신의 의지를 견고히 하기 위한 허세에 불과했다.

알리시아 앞에 두 개의 인영이 나타났다. 두 사람의 얼굴을 보자 목소리가 새어 나왔다.

"엄마, 아빠……."

부모님이 웅크려 앉은 알리시아의 눈앞에 서 있었다.

'너를 낳은 게 잘못이었다.'

아버지가 건넨 말에 알리시아는 눈을 휘둥그레 떴다.

'네 탓에 우리 일족은 끝이야.'

'우리가 쌓아 올려 온 것들이 너 때문에 전부 무너지게

생겼다.'

상냥한 부모였다. 언제나 웃는 얼굴로 대해 주는 자랑스러운 부모였다. 그런 두 사람이 본 적도 없는 싸늘한 눈으로 자신을 노려보았다. 증오로 물든 눈동자 속에 알리시아의 모습이 비치고 있었다.

"아냐, 아냐, 아니야……. 엄마와 아빠는 그런 말을 하지 않아!"

이건 가짜 부모님이다. 하지만 그것이 본심이 아니라고 단언할 증거는 어디에도 없었다. 가슴속에서 의심이 피어났다 사라지기를 반복했다. 싸늘한 눈의 부모님이 사라지고, 다시 새로운 두 명의 인물이 모습을 드러냈다.

"세, 세인, 메리아……."

며칠 전에 처음 만난 두 사람이 알리시아를 보고 있었다.

어울린 지는 얼마 되지 않았다. 한 달도 안 된 사이였다. 그런데도 알리시아가 그들과 행동하고 있는 것은 함께할 상대가 이 두 사람밖에 존재하지 않기 때문이었다.

"너, 너희는 나를 응원해 주고 있는 거지……? 우, 우리는, 동류잖아…… 그렇지?"

매달리듯 두 사람에게 애걸했다. 세인이 부드러운 얼굴로 입을 열었다.

'더는 무리하지 마.'

그의 말이 알리시아의 가슴에 녹아들었다.

"아, 아니야. 나는 무리하지 않았어……."

'괴로웠지?'

세인의 그 한마디에 알리시아는 입을 벌린 채로 말을 잃었다.

어쩌면 그것은…… 알리시아가 줄곧 듣고 싶었던 말일지도 몰랐다. 세인은 자비심 가득한 표정으로 그녀의 곁을 걷고 있었다. 이제껏 숨겨 왔던 본심을 억지로 까발려진 알리시아는, 어째서일까, 주체할 수 없을 정도로 기뻤다.

'걱정하지 마. 네가 원하는 것은 이곳에 있어.'

세인이 알리시아의 가슴을 가리키며 말했다.

그곳에는 검붉게 맥동하는 '무언가'가 있었다. 조금 전까지는 소름 끼치기만 했던 그것이 지금은 왠지 따스한 온기를 머금은 것처럼 느껴졌다. 강력하고, 모든 것을 집어삼켜 버릴 듯한 그것이라면…… 연약하고, 지금 당장이라도 무너져 버릴 것만 같은 자신을 지켜주리라.

누구에게도 지고 싶지 않았다. 모두에게 인정받고 싶었다. 그리고 그걸 실현할 힘이 손바닥 위에 있었다.

"이제 괜찮아?"

'그래.'

"이제 고통받지 않아도 괜찮은 거야?"

'그래.'

세인과 메리아가 알리시아를 향해 상냥한 시선을 보내

왔다.

오랫동안 노력했다. 그 누구의 기대도 받지 못했고, 그 누구도 자신을 필요로 하지 않았다. 그런데도 자기 자신에 게만큼은 보답해 주고 싶다는 생각에 강한 각오를 품고 행동해 왔다. 하지만 아무리 각오를 해도 얼버무릴 수 없는 한 가지 진실이 알리시아의 마음을 꾸준히 갉아먹었다. 보답받지 못하는 나날이 안겨다 주는 고통만큼은 사라지지 않고 이어졌다.

마모된 마음은 더 이상의 역경이 아닌 두 번 다시 상처 입지 않을 평온을 바라고 있었다.

"아아…… 이제야, 포기할 수 있겠어."

알리시아는 그 힘을 받아들였다.

전투의 막이 오르고, 가장 먼저 움직인 것은 메리아였다.

주인을 지키기 위해. 그리고 친구를 구하기 위해 그녀는 자신의 '성흔'에 마력을 주입했다.

"두 번째 종자의 증표. 심 세이버즈."

한 자루의 검이 나타났다. 빛을 두른 그 검을 움켜쥐고 메리아는 높이 뛰어올랐다. 공중에서 아름다운 포물선을 그리고는, 그대로 스커트 안쪽에 숨겨 놓은 수 자루의 단도를 투척했다. 하지만 날아간 단도는 전부 알리시아가 내뿜는 검붉은 마력에 튕겨나 버렸다.

다섯, 여섯, 일곱. 물 흐르듯이 단도를 던지는 메리아.

이윽고 바닥에 다리가 닿은 순간, 마지막으로 그녀는 움켜쥐고 있던 검을 휘둘렀다.

"이얍."

몸이 회전하며 한 줄기의 섬광이 번쩍였다.

하지만 그 일격은 알리시아가 들고 있는 가짜 성검에 의해 막히고 말았다.

"미스 골드여! 내 말이 들리나?"

메리아와 알리시아가 격렬한 승부를 펼치고 있는 가운데, 세인이 외쳤다.

"들린다면 어서 제정신으로 돌아와라! 너를 좀먹고 있는 그 힘은 마음만 강하게 먹으면 뿌리칠 수 있다!"

대답은 돌아오지 않았다.

알리시아가 검붉은 가짜 성검을 크게 휘두르자, 메리아가 그것을 황금빛 검으로 받아넘겼다. 자세를 틀어 검을 흘려보낸 메리아는 즉각 공격에 나섰다. 얇고 예리한 메리아의 무기는 치고받는 데 약한데, 알리시아가 쥐고 있는 검은 두꺼웠다. 참격을 흘려가며 공격과 이탈을 반복하는 메리아. 알리시아는 방어를 유지하며 빈틈이 생길 때마다 맞대결로 끌고 가려 했다. 공방이 거듭될수록 불리해지는 것은 메리아 쪽이었다.

세인은 칠흑의 검을 꺼내 들어 알리시아에게 휘둘렀다.

하지만 알리시아는 가뿐히 피해버렸다.

알리시아가 가짜 성검을 휘둘러 힘으로 메리아를 날려 버렸다. 그리곤 바로 세인을 향해 다시 검을 휘둘렀다. 세인은 이를 가까스로 방어해 냈지만 뒤이어 사각에서 날아온 발차기에 대응하지 못하고 멀리 날아가 버렸다.

"너무 무리하지 말아 주세요."

날아가는 세인의 등 뒤에 안개가 나타나 충격을 완화했다. 세인은 고맙다는 말을 건넨 뒤, 다시금 알리시아를 향해 자세를 바로잡았다.

"……방어가 단단해. 이건 미스 골드의 힘이 아니라 씨앗을 심은 녀석의 특징이군."

"그러면 시조는 '강맹패순(剛盟覇盾)'일지도 모르겠네요."

"아마도 그렇겠지. 그리고 이 힘으로 보아 현재의 미스 골드는 4세대다."

그때 불현듯 살을 태우는 듯한 열기가 느껴졌다. 알리시아의 머리 위에 거대한 화염구가 있었다. 그녀의 간판 기술인 플레어였다. 검붉은 마력을 흡수한 탓인지 크기부터 달랐다.

"론도 미스테리아."

화염구가 발사되기 직전에 메리아가 마법을 발동시켰다. 영창을 생략한 탓에 효과가 약해졌지만, 시간을 벌기엔 충분했다. 안개에 숨어 두 사람이 알리시아의 뒤로 돌아가자

마자, 검붉은 화염이 바닥을 새까맣게 태웠다.

안개 속에서 메리아가 뛰쳐나갔다. 한 줄기 섬광이 번쩍였으나 알리시아의 검에 막히고 말았다.

하지만 첫 일격은 미끼. 공중으로 튕겨 날아간 단도를 무시하며 메리아는 황금빛 검을 휘둘렀다. 그러나 그 공격마저도 알리시아가 두르고 있는 검붉은 마력에 막히고 말았다.

평범한 공격은 통하지 않았다. 메리아는 무심코 혀를 찼다.

"……꽤 얌전하군."

세인이 중얼거렸다.

"그렇게 얌전해 보이지는 않는데요……."

"아니, 생각보다 호전적이지 않다는 말이다. 봐라, 지금도 가만히 서 있지 않나."

무력한 세인은 이미 알리시아의 표적에서 벗어나 있었다.

그 덕분에 세인은 상대를 유심히 관찰할 수 있었다.

알리시아의 공격은 너무나도 규칙적이었다. 이쪽이 공격하면 방어하고, 반격한다. 가끔 공격에 나서기도 했지만, 이쪽이 물러서면 곧 잠잠해졌다. 이건 상대를 쓰러트리기 위한 전법이 아니라 상대를 쫓아내기 위한 전법이었다.

"네 녀석…… 이미 의식을 되찾았군."

마침내 위화감의 정체를 깨달았다.

세인의 지적에 알리시아는 천천히 입을 열었다.

"이제 괜찮아."

불길하기 짝이 없는 마력의 중심부에서 목소리가 들려왔다.

"나는 이제 괜찮아. 만족하고 있어."

목소리는 떨리고 있었다. 그러나 분명 본심이었다.

"처음에는 기분 나빴지만, 슬슬 다루는 법을 알 것 같아. ……너희들은 이게 무엇인지 알고 있었지? ……이것만 있으면 나도 변할 수 있어. 이 힘이 있으면 더는 빛의 마법 따윈 필요 없어. 누구한테도 바보 취급당하지 않고, 누구한테도 지지 않아. 더 이상 나는…… 얽매여 살지 않아도 돼!"

알리시아가 외쳤다. 마치 자기 자신에게 하는 듯한 말이었다.

"그러니까 더는 상관하지 마. 앞으로는 내가 하고 싶은 대로 하겠어."

울먹이는 눈으로 밀어내려 해 봤자 설득력은 없었다. 아직 마음으로 받아들이질 못한 거다. 세인은 알리시아를 똑바로 바라보며 입을 열었다.

"그건 안 된다."

"어째서……."

"꼭 두 번씩 말해야 아는 건가."

단어 하나하나에 힘을 주어 세인은 말했다.

"말했을 텐데, 타협하지 말라고. 굴러들어온 가짜에 현혹되지 말라고!"

알리시아가 빛의 일족이라는 사실을 알았을 때, 세인은 꿈을 따르는 선구자로서 한 가지 조언을 해 주었다. 수중에 굴러들어온 가짜에 넘어가 타협하지 말라는 말이었다.

하지만 눈앞의 알리시아는 꿈을 포기하고 타협하는 길을 택했다.

굴러들어온 우연을 행복으로 삼고 자신을 내맡기려 했다.

……세인은 결코 간과할 수 없었다.

남 일이 아니다.

지금 그녀가 얼마나 분할지 세인은 그 누구보다 잘 알았다.

"시끄러워……. 가짜인지 아닌지는 내가 정해."

"그럼, 네 선택이 잘못됐다."

"네가 뭔데! 상관도 없는 주제에……!"

"아니, 있다! 왜냐하면, 우리는 동류니까!"

세인의 말을 듣고 알리시아는 고개를 숙였다.

"동류가 아니야."

쥐어짜 내는 듯한 목소리로 알리시아가 말했다.

"나는 너보다 약해. 너처럼 주변 사람들한테 무시당하면서도 당당하게 지낼 수 없어. 하루하루가 괴로웠어. 항상 참기만 했어. 늘 도망치고 싶었어. ……나한테 그랬지? 너답지 않다고. ……웃기지 마. 내가 지금까지 어떤 심정으로 지내 왔는지도 모르면서! 다 안다는 듯이 지껄이지 말란 말야!"

검붉은 화염의 폭풍이 몰아쳤다.

"내 선택은 잘못되지 않았어!"

알리시아의 외침과 함께 화염구 여러 개가 날아왔다.

세인은 간신히 회피하며 메리아에게 눈짓했다. 메리아는 작게 끄덕인 뒤 알리시아를 향해 그 가느다란 팔을 뻗었다.

"워터 할덴."

"윽?!"

지면에서 솟아난 팔이 알리시아의 다리를 붙잡아 자세를 무너트렸다.

"하아앗!"

세인이 빈틈을 놓치지 않고 검을 휘둘렀다.

"마, 막아!"

세인의 검이 검붉은 아지랑이와 충돌하자 마치 역풍이 불어오는 듯, 칼날 알리시아에게 닿지 못하고 도로 밀려났다.

"당연히 잘못됐고말고……!"

검에 힘을 실으며 세인이 말했다.

"그러니까, 다 안다는 듯이……!"

"다 알아! 나도 몇 번이나 엇나갈 뻔했으니까!"

세인이 소리치자 알리시아는 분노하며 전신에서 화염을 뿜어냈다. 황급히 거리를 벌리는 세인을 알리시아는 적의가 담긴 눈으로 노려보았다.

"쫓아!"

알리시아가 명령하자 검붉은 화염은 마치 뱀처럼 세인을 향해 엄습했다.

"아핫, 아하핫! 굉장해! 이것 좀 봐! 살짝 의식만 해도 자유자재로 조종할 수 있어! 굉장해, 굉장해, 굉장해……! 내 안에 이런 힘이 잠들어 있었다니! 이봐, 세인! 너는 이게 잘못됐다고 말하는 거야?!"

메리아가 빛나는 검을 지면에 박아넣고 세인에게 들이닥치는 화염을 소멸시켰다. 세인은 안도하는 대신 또다시 알리시아를 향해 질주했다.

"물론이다!"

"……! 뚫린 입이라고, 잘도!"

딱 잘라서 말하는 세인의 태도에 알리시아는 신경을 곤두세웠다. 차례차례 날아오는 화염은 하나같이 막강했지만, 명중률은 낮은 편이었다. 세인은 달음박질치며 그 거친 공격을 회피했다.

"……역시 우리는 동류다. 그렇지 않다면 이토록 똑같은 일을 겪을 리 없지. ……네가 지금 부딪힌 벽을 나는 진저리칠 정도로 잘 알고 있다. 그러니…… 가르쳐 주마. 도망쳐서 얻은 힘이 얼마나 약한지를. 그것이 선배인 나의 책임이다."

그렇게 말하며 세인은 검을 쥐지 않은 왼손을 알리시아에게 향했다.

"다르크!"

자그마한 어둠의 탄환이 알리시아를 향해 날아갔다. 불덩어리가 휘몰아치고, 메리아의 눈부신 검이 난무하는 이 전장에서 그것은 너무나도 초라한 마법이었다. 위력은커녕 속도도 없었다. 맞아 봤자 살짝 멍이 들거나, 긁힌 상처가 생기는 것이 고작이리라. 아나나 다를까 탄환은 알리시아가 두르고 있는 검붉은 화염에 막히고 말았다. 소리도 없이 사라져 버린 탄환을 보고 알리시아는 조소했다.

"그런 햇병아리 마법으로……."

"다르크!"

최대한 알리시아의 곁으로 다가간 세인이 계속해서 마법을 발동시켰다.

다시금 볼품없는 마법이 나갔다. 알리시아는 혀를 차며 가로로 손을 휘둘렀다. 어디선가 나타난 화염이 팔의 움직임에 맞춰 다르크를 지워 버렸다.

"성가시게 굴기는……. 진정한 마법이 뭔지 보여주겠어."

알리시아가 거리를 벌리는 세인을 향해 기세등등한 미

소를 지으며 말했다.

"겁화여, 모든 것을 불태워라. 플레어."

검붉은 화염이 들이닥쳤다. 친절히 하나씩이 아니라 수십 개가 일제히 쏟아졌다. 무지막지한 열기 탓에 앞도 제대로 보이지 않았다. 세인은 실눈을 뜨고 정신없이 도망다녀야 했다. 휘몰아치는 화염에 외투를 그을리고, 살갗이 타고, 숨을 들이쉴 때마다 목구멍이 불타올랐다. 세인이 타 죽을 위기에 놓인 그때, 메리아가 황금빛 검으로 화염구를 베었다. 두 개로 나누어진 화염구가 화려하게 터져나갔고, 다른 화염구들도 연쇄적으로 폭발을 일으켰다. 형체를 잃고 부풀어 오른 화염구가 공간을 가득 메웠다.

"파도가 되어 에워싸라!"

알리시아가 후속 영창을 외웠다.

폭발한 화염구는 사라지는 대신 화염의 파도가 되어 세인과 메리아를 에워쌌다. 불규칙한 리듬으로 밀려오는 파도를 메리아 혼자서 막아내기란 역부족이었고, 결국 세인은 화염의 파도 끄트머리에 몸을 담그고 말았다.

"끄아악!"

전신의 격통에 세인이 신음했다. 이를 악물며 멈추지 않고 내달린 끝에 화염에서 벗어난 세인은 자신의 상태를 확인했다. 왼팔이 움직이지 않았다.

"아하하! 그거 보라니까! 지금의 나라면 후속 영창도 식은 죽 먹기야!"

알리시아가 웃으며 말했다.

차마 두고 보기 힘든 모습이었다. 그 웃음은 메리아를 향한 질투심의 발로일까. 질투, 혐오, 의심과 같은 온갖 악감정이 스스럼없이 겉으로 드러났다. ……구제할 방도가 없다. 알리시아를 이렇게 만든 저 일그러진 힘을 용서할 수가 없었다.

"그건 너의 힘이 아니야!"

"아니! 내 힘이야!"

알리시아가 외쳤다. 덮쳐 오는 화염을 피해가며 크게 숨을 들이쉰 세인은 힘을 담아 말했다.

"잘 들어라! 한때 내게도 커다란 힘이 있었다!"

안개로 눈속임을 한 메리아가 알리시아의 뒤로 돌아가 황금빛 검을 휘둘렀다. 알리시아는 검붉은 화염을 두른 오른손으로 그것을 방어했다.

"그 힘을 사용할 때마다 모두가 기뻐했지! 친구도, 가족도, 스승도! 다들 내게 눈물을 흘리며 감사했다! 모두 나더러 그 힘을 사용해 달라고 부탁해 왔다!"

알리시아가 억지로 메리아를 뿌리쳤다. 그 틈을 찌르듯 세인이 땅을 박찼다. 알리시아가 두 개의 화염구를 날렸고, 세인은 한 발을 피했다. 한 발을 다리에 맞았다.

세인은 개의치 않고 달렸다.

"하지만! 그렇게 얻은 것 중에 내가 진정으로 원하던 것은 없었다!"

고통으로 얼굴을 일그러뜨리면서도 세인은 말을 멈추지 않았다.

"몇이나 되는 목숨을 구했다! 몇 번이고 바람을 이뤄주었다! 마침내는 영웅이라 칭송받으며 동경의 대상이 되었다! 그런데도! 정말로 구하고 싶었던 이만큼은 구하지 못했다!"

메리아가 알리시아의 발을 묶는 사이, 세인은 자세를 무너트려 가면서 거리를 좁혔다.

"너는 뭘 위해 빛의 마법을 원했지?!"

새까만 검을 휘두르며 세인이 말했다.

"빛의 마법이 아니면 손에 넣을 수 없는 것이 있기 때문이잖아!"

"입 다물어!"

화염을 두른 팔로 검을 막은 뒤, 알리시아는 울음을 터트릴 것만 같은 얼굴로 부르짖었다.

"마음만으로는 어찌할 수 없는 일들도 있어! 이룰 수 없는 꿈을 꾸어 봤자 시간만 버리는 꼴이잖아! 포기하지 않으면 그게 멋있는 거야?! 포기하지 않으면 결과가 따라주지 않아도 괜찮다는 거야?! 아니잖아! 나는 꿈을 꾸고 싶었던 게 아니야! 나는 꿈을…… 이루고 싶었다고!"

"으윽?!"

쌓아두고 있었던 알리시아의 슬픔이 탁류처럼 쏟아져 나왔다.

"결국, 성검 따위 없었던 거야! 지금까지도 희망을 발견했다 싶으면 반드시 배신당했어! 나도 일찌감치 알고 있었다고! 내가 바라는 것들은 전부 다 가짜라는걸!"

미처 날뛰는 화염보다도 알리시아가 내뱉은 한마디, 한마디가 세인에게는 더욱 아프게 다가왔다. 마치 자신이 견뎌 왔던 고통을 전부 까발려지는 기분이었다.

그런데도 나아갈 수밖에 없다.

"바라는 대로 이뤄지는 꿈 따위, 없다……!"

그 당연하기 짝이 없는 사실을, 몇 년도 전에 이해했던 사실을 알리시아에게 고했다.

"험난하니까 꿈이라 하는 거다. 상처는 물론이고, 배신당하기도 일상다반사지. ……근데 그걸 지금 깨달았다는 듯이 말하지 마라! 처음부터 각오하고 나아간 길이 아니었나!"

"시끄러워! 시끄럽다고! 그 입 다물란 말야아아아앗!"

한층 거대한 화염구가 나타났다. 하지만 다른 화염구와는 모습이 달랐다. 표면을 감싸던 불꽃이 없었으며, 모든 열이 고스란히 담겨 있었다. 뚜렷한 존재감. 뚜렷한 위압감. 모든 것을 증발시켜 버리는 힘.

세인은 쓴웃음을 지었다.

숙주로 선택받은 것도 납득이 갔다.

얄궂은 노릇이다. 세상에는 그녀의 재능을 얻고자 혈안이 된 자들도 있건만.

"······메리아, 할 수 있겠어?"

"세인 님이 애써 주신 덕분에 충전이 끝났어요."

메리아가 거대한 화염구 앞을 막아섰다. 그러고는 황금빛 검을 뒤로 크게 당겼다.

"거미줄 베기."

가느다란 검의 가장자리로 빛이 모여 거미줄보다도 얇은 선이 되었다. 이윽고, 메리아가 소리 없이 검을 휘둘러 참격을 날려 보냈다. 참격은 눈으로 보이지 않을 만큼 예리하고 빠르게 나아가 순식간에 화염구를 잘라냈다.

"현현하라, 모든 것을 재로 돌리는 화염의 바다. 베레 플레엄!"

그러나 알리시아에게 닿기도 전에 검붉은 화염이 거친 파도로 변해 빛을 집어삼켰다. 화염은 그대로 지면을 불사르며 세인에게로 밀어닥쳤다.

세인은 몸에 두르고 있던 검은 외투를 훌렁 벗어 불바다 속으로 내던졌다. 외투의 안쪽에 빼곡히 들어차 있는 검은 비늘이 화염의 파도를 저지했다.

"다르크!"

휘날리는 불티들 사이로 검은 탄환이 날아갔다. 위력도,

속도도 모자란 탄환은 맥없이 비틀거리며 앞으로 나아갔다. 인내심이 한계에 달한 알리시아가 검붉은 화염으로 탄환을 지워 버렸다.

"방해하지 말라고 했잖아아아아앗!"

"으으으아아아아아아아아아아앗!"

세인은 화염의 파도가 낮아진 틈을 타 알리시아에게 다가갔다.

알리시아는 이를 갈며 하늘로 팔을 뻗었다. 그 손바닥 끝에 검붉은 색의 거대한 화염구가 나타났다.

"나도 너와 똑같단 말이다……!"

세인이 목이 타들어 가는 아픔을 무시하며 외쳤다. 검붉은 힘에 농락당하는 알리시아를 두고 볼 수가 없었다.

알리시아가 팔을 아래로 휘둘렀다. 그녀의 머리 위에 있던 화염구가 세인을 향해 낙하했다.

"내게도…… 암흑기사가 되지 않으면 이룰 수 없는 꿈이 있어!"

화염구가 세인을 불태우기 직전, 간발의 차이로 메리아의 황금빛 검이 번쩍였다.

갈라져 폭발한 화염구가 주변 일대에 화염을 흩뿌렸다. 하지만 세인은 고통을 견디며 꿋꿋이 앞으로 나아갔다. 화염 속에서 팔을 뻗어, 마법을 발동했다.

"다르크으으!"

돌멩이만 한 어둠의 탄환이 알리시아의 무방비한 몸을 향해 날아갔다.

지금까지의 고생이 의미 없어 보이는, 평소와 다름없는 햇병아리 마법.

하지만 그 마법이 처음으로 명중한 순간.

"……아."

알리시아는 털썩 주저앉았다.

어둠의 탄환은 경쾌한 소리를 내며 알리시아의 가슴에 작렬했다.

왜소하고 보잘것없는 그 마법은 알리시아에게 뭔가 커다란 충격을 안겨다 주었다.

힘의 차이는 압도적일 터였다.

이 정체불명의 검붉은 힘이라면 어떤 적이든 쓰러트렸어야 했다. 실제로 메리아는 방어에 여념이 없었고, 세인은 언급할 가치도 없었다. 메리아와는 접전이 불가피했다 쳐도 초급마법조차 제대로 다루지 못하는 세인에게는 상처 하나 입지 않을 자신이 있었다.

그런데 어째서?

어째서 자신은 지금 주저앉아 있는 것인가.

가슴에 받은 공격은 정말로 작고 하찮은 마법이었다. 이런 것을 맞아 봤자 긁힌 상처밖에 나지 않으리라. 하지만 어째서일까. 알리시아의 팔다리는 마치 주인의 명령을 거부하듯 움직여 주지 않았다. 전신에서 힘이 빠져나갔다.

그리고, 왜일까. 너무나도 가슴이 아팠다.

"······아파."

눈에서 눈물이 떨어졌다.

"어째서······? 이런 햇병아리 마법이 뭐라고·······."

몸이 떨려 왔다. 알리시아는 고개를 숙인 채 가슴에 손을 대고 눈물을 흘렸다.

눈물로 뿌옇게 변한 시야 중심에는 한 소년이 너덜너덜한 모습으로 서 있었다.

알리시아는 그 소년 또한 이해할 수 없었다.

어째서 이 남자는 포기하지 않는 것일까.

어째서 이 남자는 이토록 약하면서도 꿋꿋하게 나아갈 수 있는 것일까.

세인의 날카로운 눈동자는 한순간도 흔들리지 않았다. 그의 팔은 빈틈이 생길 때마다 허를 찔렀으며, 그의 다리는 멈추지 않고 전장을 달렸다.

도저히 이해가 가지 않았다. 왜 저렇게까지 안간힘을 쓰는 것일까.

왜 내게는 그런 힘이 없는 것일까.

가슴 속에서 터져 나올 것만 같은 감정을 필사적으로 억눌렀다. 하지만 무리였다. 둑처럼 쌓여 있던 감정이 전부 눈물로 변해 쏟아져 내렸다. 오열이 멈추질 않았다.

아파서, 괴로워서 가슴이 찢어질 것만 같은 자신에게 세인이 말을 건넸다.

"일 년 전의 나는 그 햇병아리 마법조차 쓰지 못했다. ……나의 햇병아리 마법은 지금 네가 얻은 힘보다 백 배 더 노력해서 손에 넣은 힘이다."

"……."

"그런데도 이 마법으로는 상처 하나 제대로 입히지 못해. ……너도 눈치채고 있을 테지? 지금 네가 느낀 고통은 네가 만든 거다."

눈앞의 소년은 자신과 같은 또래였다. 입학하자마자 떨거지 취급을 받는 남자였다. 하지만 그의 입에서 나오는 말들은 절대 가볍지 않았다.

가슴속에서 울려 퍼지는 통증의 정체는 자신의 목소리였다.

눈을 뜨라고. 정신을 차리라고. 마음속의 자신이 줄곧 외치고 있었다.

그 목소리와 이렇게 다시 한번 마주할 수 있게 된 것은 순전히 세인 덕분이었다.

"……꼴사나운 차림이나 하는 주제에."

"뭣이?!"

무심코 흘러나온 목소리에 세인은 뒤통수를 얻어맞은

듯 입을 벌렸다.

"꼴사나운 대사만 늘어놓는 주제에."

"내, 내가 언제……."

"……그래도."

당황해하는 세인을 알리시아가 똑바로 바라보았다.

"지금의 나보다는 네가 더 멋있어. ……이건 내 패배야."

폭풍처럼 휘몰아치던 마음이 어느새 차분히 가라앉아 있었다.

문득, 몸 주위에 피어오르던 검붉은 아지랑이가 사라졌다는 걸 깨달았다. 머릿속에 자리를 꿰차고 있던 부정적인 감정을 완전히 토해낸 지금, 알리시아의 마음은 무척이나 상쾌했다.

바로 그때.

가짜 성검에서 검붉은 화염이 치솟았다.

"앗?!"

검붉은 화염이 알리시아의 전신을 에워싸고자 꿈틀거렸다. 황급히 몸을 일으켜 달아나려 했지만 꿈틀거리는 화염에 팔다리를 붙잡히고 말았다. ……뜨거웠다. 조금 전까지와는 감촉이 확연히 달랐다. 이 검붉은 화염은 그녀를 불태워 죽이려 하고 있었다.

"제길! 꼭두각시로 삼을 수 없을 바에야 처리하겠다는 거냐!"

세인의 당황하는 목소리가 들렸다. 알리시아는 실낱같은 희망을 품고 그쪽으로 손을 뻗었다.

　"세, 인…………. 도와, 줘……."

　시야가 화염으로 완전히 뒤덮였다.

　몽롱한 의식 속에서, 알리시아의 귀에 두 사람의 대화가 들려왔다.

　"……하실 생각인가요?"

　"그래. ……미스 골드는 이런 곳에서 죽어도 될 인간이 아니야."

　발소리가 가까워져 왔다.

　"미안하다, 알리시아. 네 몸에 상처가 남겠지만 달리 방도가 없다. 용서해다오……."

　이름을 불린 순간, 전신을 뒤덮고 있던 검붉은 화염이 뿔뿔이 흩어졌다.

　의식을 잃기 직전. 알리시아는 왼쪽 어깨에서 따스한 무언가를 느꼈다.

◆　◆　◆

　"저의 기사가 되어 주시지 않겠어요?"

　눈앞에 한 명의 여성이 서 있었다. 금실처럼 윤기가 흐르는 머리와 새하얀 피부. 날씬한 팔다리에 균형 잡힌 몸매.

신전 깊숙한 곳에 전시된 조각상이 떠오를 만큼 현실과 동떨어진 미모를 지닌 여성이었다. 그녀의 눈동자는 자애로 가득 차 있었지만, 어딘가 쓸쓸해 보였으며, 동시에 불안을 억누르듯 파르르 떨리고 있었다.

"응, 알았어."

소년의 목소리가 들렸다. 그러자 그녀는 굉장히 기뻤는지 활짝 웃어 보였다.

이게 대체 뭐지?

땅을 밟는 다리에 감각이 없다. 알리시아는 눈앞에 비치는 광경에 의문을 느꼈다. 이것은 꿈일까. 하지만 그 꿈은 알리시아의 기억에 없는 모습들만을 비추고 있었다.

장면이 바뀌었다. 시야가 한 바퀴 반전하며 드넓은 대자연이 눈앞에 펼쳐졌다.

알리시아는…… 이 시점의 원래 주인은 한 자루의 검을 쥐고 마물을 베어 넘기는 중이었다.

"후우. 이걸로 마지막이네."

"앗, 아앗?! 뭐, 뭘 하는 거니, 세인?!"

마물 토벌을 끝낸 소년에게 예의 여성이 허둥지둥 다가왔다. 그녀는 공중에 떠 있을 뿐만 아니라 뒤쪽의 배경이 어렴풋이 비쳐 보이기까지 했다. 실체가 다른 곳에 있는 모양이었다. 어쩌면 그녀의 모습은 소년에게만 보이는 것일지도 몰랐다. 근거는 없지만, 알리시아는 그렇게 느꼈다.

"뭐긴, 마물 퇴치 중인데……."

"마물 퇴치?! 세, 세인한테는 아직 일러! 그런 건, 저기, 좀 더 어른이 된 다음에 해도 괜찮다고 생각해!"

"하지만 다들 마물 때문에 곤란해하는걸. 남들보다 강하니까 내가 퇴치해야지."

"으으……. 저, 절대로 무리하지 마. 세인이 다치면 나는 펑펑 울어버릴 거야. 일주일 내내 안 그칠 거야."

"그건 좀 봐줘."

소년과 여성은 화목한 대화를 이어나갔다. 흐뭇하면서도 천진난만한 두 사람의 대화에 알리시아는 그만 웃음을 터트리고 말았다.

시야가 반전했다. 다시 장면이 바뀌었다.

"성기사님!"

귀를 찢는 듯한 환성이 들려왔다.

알리시아는 주위를 둘러보았다. 그 환성은 모든 방향에서 들려오고 있었다.

"성기사님 만세!"

"세인 님, 만세!"

무시무시한 환성이 대기를 진동시켰다.

돌로 포장된 길을 천천히 나아가고 있는 마차 위. 그곳에서 소년은 수많은 군중에게 둘러싸여 있었다. 사람들은 주먹을 치켜들며 마차 위에 앉은 소년에게 열광적인 시선을 보냈다. 앉은 자세라서 실감하기는 힘들었지만, 눈높이가 살짝 높아져 있었다. 시선을 밑으로 내리자 이전보다 다소 듬직해진 소년의 팔이 보였다. 여성과의 첫 만남 이후로 제법 시간이 흘렀는지 소년은 성장해 있었다.

"사랑받고 있구나."

그 여성이 상냥한 한마디와 함께 소년의 곁으로 다가왔다. 그러자 소년 또한 상냥하게 미소지었다.

"당신도 마찬가지예요."

"어?"

"저 사람들은, 여신님…… 당신 역시 사랑하고 있어요."

소년의 말에 그녀는 기쁜 듯, 그렇지만 어딘가 슬픈 얼굴로 미소지어 보였다.

"응, 그렇게 말해주니 기쁘네……."

눈앞이 암전하며 다시 꿈의 광경이 바뀌었다.

"당신은 라이트릿지 성왕국이 자랑하는 최고의 기사입니다."

알리시아는 고급스러운 붉은 융단 위에 있었다. 그 주위로는 고귀한 차림의 인간들이 늘어서 있었고, 다들 이쪽을 향해 존경이 담긴 눈빛을 보내왔다.

"당신은 저희의 희망입니다."

"당신이 있는 한 이 나라는 앞으로도 평화로울 테지요."

"앞으로는 이 나라뿐만이 아니라, 세상 사람들을 위해……

그리고 무엇보다 당신 자신을 위해 그 힘을 사용해 주세요. 저희는 언제나 당신을 응원하고 있습니다."

장면이 바뀌었다. 경치와 함께 눈앞에 선 인물들도 차례 차례 바뀌어 나갔다.

"이 은혜는 평생 잊지 않을게요. 언젠가 반드시 보답하겠습니다."

"기사님. 마을을 구해 주셔서 감사드립니다."

"난 어른이 되면 성기사님처럼 모두를 구해 주는 영웅이 될 거야!"

"아아, 영웅이시여. 백성들을 구해 주셔서 감사합니다."

아름다운 소녀가, 듬직한 얼굴의 청년이, 친절해 보이는 숙녀가, 순진무구한 꼬마가, 그리고 수많은 주름이 새겨진 노령의 여성이 감사와 칭찬을 건네 왔다.

분명 그들은 소년이 여행하며 만난 사람들이리라. 소년은 셀 수 없을 만큼의 여행을 하고, 마찬가지로 셀 수 없을 만큼의 사람들을 구했다. 그리고 다시 새로운 여행을 맞이한 어느 날. 녹색의 융단이 끝없이 펼쳐진 언덕을 오르던 소년에게 여신이 말했다.

"세인은 정말 굉장하구나. 세인이라면 분명 누구보다도 훌륭한 성기사가 될 수 있을 거야."

"그렇지 않아요."

"아니, 될 거야. 역대 어느 기사보다도…… 상냥하고, 따뜻한걸. 너는 정말로 많은 사람의 사랑을 받을 거야. 칭송받고 있을 뿐인 나와는 달라."

쓸쓸한 그녀의 옆모습을 본 소년이 무엇을 생각했는지는 알 수 없었다. 하지만 알리시아는 가슴 한쪽이 아려오는 것을 느꼈다. 그녀가 그런 표정을 짓지 않기를 바랐다.

"세인은 뭔가 소원 같은 거 없니?"

"딱히 생각나는 건 없는데요. 그러는 여신님은요?"

"나? 나는, 글쎄…… 나는……."

그녀의 대답을 듣고, 소년은 알리시아와 마찬가지로 눈을 휘둥그레 떴다.

그래서였을까. 소년은 그녀에게 들리지 않도록 마음속으로 혼자 중얼거렸다.

"여신님. 실은 제게도 한 가지 소원이 있어요."

휘릭. 눈앞이 암전하며 다시 다른 장면으로 바뀌었다.

굉장히 넓은 방이었다. 발밑에는 세밀하게 짜인 융단이 깔려 있었으며, 벽을 따라 호화스러운 장식품들이 잔뜩 진열되어 있었다.

"성기사를 관두고 싶다고?"

여성이 눈을 동그랗게 뜨며 말했다.

"어, 어째서? 호, 혹시 내가 뭔가 실수라도……?!"

"그런 게 아니야. 단지 새로운 목표가 생겼을 뿐이다."

"목표라니……?"

그녀의 질문에 소년은 위풍당당하게 대답했다.

"나는 암흑기사가 되겠어!"

"아, 암흑, 기사……?"

"그래. 그러니 미안하게 됐다, 여신이여. 나는 이제 네 힘을 마구잡이로 휘두르고 다니지 않겠어. 정 어쩔 수 없을 때를 제외하고는 성기사의 힘을 봉인할 생각이다."

"어, 어째서 갑자기……."

"어째서냐고? 물론, 성기사보다 암흑기사가 멋있기 때문이다!"

"뭐어?!"

그 너무나도 감정적인, 빈말로도 합리적이라고는 할 수 없는 소년의 한마디에 여성은 화들짝 놀라는 눈치였다. 그녀는 팔을 부산스럽게 휘저으며 안절부절 소년을 말렸다.

"그, 그렇지 않아! 성기사가 훨씬 멋있는걸! 세, 세인한테는 성기사 쪽이 백 배는 어울려! 응, 어울리고말고!"

"미안하지만 이미 정한 일이다."

여성의 항의를 소년은 완고하게 거절했다.

"나나, 난 그런 거 절대로! 절대로 절대로 인정 못 해!"

분노에 찬 여성은 눈물을 뚝뚝 흘리면서 말했다.

"세인은 바보! 멍청이! 우와아아아아아아아앙!"

끝내는 커다란 울음소리와 함께 모습을 감추는 그녀. 혼자가 된 소년은 쓸쓸한 표정으로 작은 한숨을 내쉬었다.

그때, 방의 문이 열리며 소년의 종자로 보이는 흑발의 소녀가 나타났다.

"이야기가 끝났나 보네요. ……역시, 슬퍼하시던가요?"

"……어쩔 수 없어. 배신이나 다름없는걸."

"말투가 원래대로 돌아왔어요."

"어이쿠. 깜빡했다. 안 되지, 안 돼. ……젠장, 익숙해지질 않는군."

"싫으면 그만두시면 될 걸 가지고……."

"이러는 편이 암흑기사답잖아?"

소년이 뻔뻔한 미소를 지으며 말하자, 소녀는 한숨을 푹 내쉬었다.

"지금까지 쌓아 올려 온 것들이 전부 수포가 되고 말걸요?"

"상관없다."

"부도, 권력도, 명예도. 신뢰도, 실적도. 인연도. ……전부 사라져 버릴걸요? 아무것도 없는 맨땅에서 처음부터 다시 시작해야 한다고요?"

"상관없다."

"……평온하고 행복했던 나날들과 영영 작별하게 되는데도?"

"상관없다. ……이 길을 나아가지 않으면 내 꿈을 이룰 수 없을 테니까."

소년이 입 밖에 낸 각오는 알리시아의 가슴속에 일렁이던 불씨 그 자체였다.

　그랬다.

　인생에 선택지는 무수히 존재했다. 불의 마법을 배우는 길. 마법과 관계없이 평화롭게 사는 길. 평온한 삶을 원했다면 지금보다 수월한 길은 얼마든지 존재했다.

　그 모든 선택지를 부정하고 험난한 길을 고른 것은 자신이었다.

　험난한 길을 고른 이유는 단 한 가지.

　소년의 말대로, 이 길을 나아가지 않으면 이룰 수 없는 꿈이 있기 때문이다.

　"내가 정말로 바라는 것은……."

　내가 정말로 바라는 것은…….

　소년과 함께 자신의 각오를 입 밖에 내려 한순간. 시야가 암전했다.

◆　◆　◆

　"……어, 라?"

　정신을 차리자 알리시아의 눈앞에는 흙빛의 천장이 펼쳐져 있었다. 아무래도 바닥에 드러누워 있었던 모양이다. 왠지 무겁게 느껴지는 머리를 오른손으로 지탱하며 상반신을 일으켰다.

"오, 눈을 뜬 건가?"

검은 외투를 두른 남자, 세인이 알리시아의 의식이 돌아왔음을 알아챘다. 이쪽의 상태를 살피는 세인의 얼굴이 꿈속에서 봤던 소년과 겹쳐 보였다.

입을 꾹 다물고 있는 알리시아를 향해 세인은 어리둥절한 얼굴로 물었다.

"왜 그러지?"

"앗, 저기. 아무것도 아냐. 이상한 꿈을 봐서."

"꿈이 아니다. 아마도 그건 내 기억일 거다."

"……어?"

"솔직히 어디서부터 설명해야 할지 감이 안 잡히지만, 이렇게 된 이상 전부 이야기하는 게 좋겠군. 그러니 먼저 핵심부터 말하겠다."

세인은 진지한 얼굴로 입을 열었다.

"나의 본명은 세인 포스. 성기사다."

세인의 고백에 알리시아는 아무런 반응도 보이지 않았다. 눈을 살짝 크게 뜨기는 했지만, 경악했다고 할 정도는 아니었다. 무슨 맛인지 표현하기 힘든 음식이라도 씹고 있는 얼굴이었다.

"놀라지 않는 것을 보니 역시 내 기억을 본 모양이군."

"……놀라는 중인데. 하지만 지금은 너무 많은 일을 겪어서 머리가 따라가질 못하겠어."

알리시아는 이마에 손을 얹으며 말했다.

"세인이 성기사라는 건 알겠어. 알겠는데, 전혀 믿질 못하겠어. 확실히 나는 누군가의 기억을…… 아마도, 네 기억을 봤어. 근데 그 기억보다 요 며칠간 본 네 까만 옷차림이 더 인상 깊게 남아있다고나 할까……."

"호, 호오. 그건 꽤 마음에 드는 발언인걸."

알리시아의 감상을 듣고 세인의 입가에 미소가 피어났다. 지우고 싶은 과거의 자신보다도 암흑기사를 목표로 하는 지금의 자신이 인정받은 것이다. 기쁘지 않을 리가 없었다.

"나도 설명이 좀 급했던 것 같군. 미스 골드는 어떻지? 무슨 일이 있었는지 전부 기억하고 있나?"

"……응."

세인의 물음에 알리시아는 시선을 내리깔며 대답했다.

그녀의 태도를 보건대 전부 기억하고 있는 눈치였다. 빛의 마법을 사용하기 위해 미궁에 있다는 성검을 찾아 나섰던 것. 그런 그녀 앞에는 성검으로 위장한 무언가가 도사리고 있었다는 것. 그리고 그 무언가에 오염당해 동료인 세인과 메리아를 공격했던 것까지.

"미안해할 필요는 없다. 그건 인간의 마음을 침범해 자기 멋대로 조종하려 드는 괴물이 벌인 짓이야. 미스 골드에게 잘못은 없어. 이번 건은 단순히 재수가 없었을 뿐이다."

"그렇지 않아……. 그때 나한테는 의식이 또렷하게 남아 있었는걸."

"의식이 아니라 마음을 조종한다는 것이 놈들의 성가신 점이다. ……아마도 괴로운 기억을 보여주는 식으로 접근했겠지. 놈들은 인간을 세뇌하는 재해 같은 존재다. 누구에게도 책임을 물을 수 없지. ……아니, 책임을 져야 할 사람이 있다면, 바로 나다."

그렇게 말하며 세인은 머리를 깊이 숙였다.

"미안하다. 사실 놈이 미궁에 숨어 있다는 것은 처음부터 알고 있었다. 이번 건은 미리 경고해 주지 못한 내 실책이다. 용서해 줘."

세인의 설명을 들은 알리시아는 먼저 메리아를 보았다. 메리아는 말없이 고개를 끄덕였다. 알리시아는 자신만이 아무것도 모르고 있었다는 사실을 깨달았다.

"……뭔가 이유가 있는 거지?"

"뭐?"

"아직 만난 지는 얼마 되지 않지만, 네가 어떤 사람인지는 대충 이해하고 있어. ……너는 아무런 이유도 없이 누군가를 위험에 처하게 만들지 않아. 그런 성격이야."

알리시아의 자신만만한 태도에 세인은 입을 다물었다. 정답이었다. 사실 알리시아에게는 마지막까지 털어놓지 않을 생각이었다.

"그러니 사과해야 할 건 나야. ……미안해. 나는 두 사람을 다치게 하고 말았어."

이번에는 알리시아가 머리를 숙였다. 양쪽 모두 죄책감을 느끼고 있기에 양보하지 못하고 평행선을 달리기 시작한 것이다. 메리아가 작게 한숨을 내쉬며 말했다.

"무승부인 걸로 하면 어떨까요?"

메리아의 제안에 세인과 알리시아는 떨떠름한 얼굴을 했다.

"하지만……."

"그건 좀……."

"그럼 적어도 학교에 돌아가서 논의하시죠. 아직 미궁 안이라고요. 합리적인 판단을 하세요."

메리아의 의견은 지당했다. 안전지대에 있다고는 하지만 시간은 계속해서 흘러가는 중이다. 식량을 가져온 것도 아니므로 탐색과 관계없는 일로 지체할 여유는 없었다.

"……그렇군."

"……맞는 말이네."

세인과 알리시아가 납득했다. 알리시아는 문득 주위를 둘러보며 의문을 표했다.

"그런데 여기는 어디야?"

"안전지대다. 미스 골드가 정신을 잃은 사이에 나와 메이드가 발견한 곳이지. 그 가짜 성검이 있던 장소와 멀지 않아."

그렇게 말한 세인은 진지한 얼굴로 알리시아를 쳐다보았다.

"지금부터 네게 우리가 떠안고 있는 사정에 관해 설명할 생각이다. ……각오하는 게 좋아. 상황이 이렇게 된 이상 더는 평온한 일상으로 되돌아갈 수 없다. 미스 골드는 앞으로 우리와 함께 이질적인 비일상을 걷게 될 거다."

"……바라던 바야. 오히려 이만큼 당해놓고 나 몰라라 하는 건 내 쪽에서 사양이야. 가르쳐 줘. 너희들은 대체 누구야? 그 검붉은 힘은 대체 뭐야?"

알리시아의 각오를 들은 세인은 천천히 설명을 시작했다.

"다시 말하지만 나는 성기사다. 그리고 메이드는 내 종자다."

"메리아가 네 종자라는 건 이미 알고 있어. ……아니 잠깐, 혹시 그 종자라는 게 성기사의 힘과 관련이 있는 거야?"

"그래. 성기사는 타인에게 힘을 나눠줌으로써 종자라 불리는 동료를 만들어 수 있다. 그 증거로 종자에게는 몸 어딘가에 '성흔'이 나타나지."

세인이 눈짓하자 메리아는 스커트를 들춰 보였다. 허벅지에 방패와 단검을 겹쳐놓은 문양이 새겨져 있었다. 알리시아는 그것을 진지한 표정으로 관찰했다.

"이것이 성흔(聖痕)…… 왜 하필 이런 곳에 새겼대?"

"응?"

"아니, 그렇잖아. 이거 뭔가 야하지 않아?"

"무슨?! 아, 아니야! 성흔은 어디 생길지 새기기 전까진 알 수가 없다! 내가 고른 게 아니라고!"

"세인 님이 억지로 새기셨습니다."

"메이드으! 유언비어를 퍼트리지 마라! 오히려 네가 날 협박해서 새긴 거잖아!"

"그랬나요? 기억이 안 나네요."

시치미를 떼는 메리아의 모습에 세인은 크으윽 하고 신음했다. 하지만 곧 침착함을 되찾고 알리시아를 바라보았다.

"미스 골드. 이젠 너도 마찬가지다. 왼쪽 어깨를 봐라."

세인의 말대로 알리시아는 옷깃을 당겨 왼쪽 어깨를 보았다. 그리고 눈을 동그랗게 떴다.

"이건……."

모양은 달랐지만, 메리아와 마찬가지로 성흔이 있었다.

"그 상황에서 미스 골드를 구하려면 이 방법밖에 없었다. ……그 상처는 내가 죽지 않는 평생 지워지지 않아. 미안하다……. 나는 네게 몹쓸 짓을 하고 말았다."

머리를 숙이며 세인이 말했다. 하지만 알리시아는 한숨을 내쉬었다.

"죽으면 죽도 밥도 안 되잖아. ……고마워, 세인. 구해 줘서."

고맙다고 말하는 알리시아를 보며 세인은 복잡한 표정을 지었다. 지금 이 자리에서 가장 혼란스러울 당사자임에도 불구하고 그녀의 태도는 세인보다 의연했다.

"나머지는 이동하며 이야기하지. 별로 여유가 없거든."

세인의 제안에 알리시아가 말없이 고개를 끄덕였다. 세 사람은 안전지대를 뒤로했다.

통로 안쪽을 주시하며 세인은 설명을 시작했다.

"우리는 그 검붉은 힘은 '혼돈'이라 부른다."

"혼돈……?"

알리시아가 되묻자 세인은 고개를 끄덕였다.

"혼돈은 개념…… 아니, 현상에 가깝지. 혼돈은 먼 옛날부터 온갖 것들을 창조해 왔다. 예를 들어, 우리가 마법을 사용하기 위해 이용하는 마력. 그리고 사람들의 생활을 위협하는 마물이라는 이름의 생물. 이들은 혼돈이 만들어 낸 것들이다."

"마력과 마물을 만들어냈다니……. 자, 잠깐 기다려. 나는 그 두 가지가 태초부터 있었다고 배웠는데?"

"공공연하게 밝히기에는 여러모로 불편한 진실이니까. 미안하지만 지금부터 네가 걸어갈 길은 교과서 바깥에 펼쳐진 세계다. 과거의 상식은 잊어버리는 편이 좋아."

담담한 세인의 말투에 알리시아는 입술을 꾹 다물며 고개를 끄덕였다.

　"······일단 혼돈이 마력과 마물을 만들어냈다고 치고. 그럼 혼돈은 여신이나 남신처럼 이 세상을 관리하는 신인 거야?"

　"아니. 그런 숭고한 게 아니야. 오히려 신들의 적이지."

　세인은 진지한 얼굴로 말을 이었다.

　"혼돈은 의지라는 게 없다. 그래서 선악의 구별 없이 온갖 것들을 무한히 창조해 내지. 때로는 기적을 불러오지만, 동시에 파멸을 불러오기도 한다. ······그래서 여신과 남신은 세계에 위기가 찾아오기 전에 혼돈을 봉인하려 했지. 하지만 그 봉인이 불완전했다. 혼돈을 상당히 억누르긴 했지만, 그 잔재가 세계 각지로 흩어지고 말았지. ······그러나 그 잔재조차 인간에게는 벅차다. 어떻게든 대처해야 했지만, 여신과 남신은 봉인을 유지하느라 손을 뗄 수가 없었지. 그래서 두 신은 이를 맡길 사람을 직접 고르기로 했다. 그것이 성기사와 암흑기사다."

　알리시아는 숨을 집어삼켰다.

　성기사와 암흑기사는 신에게 선택받은 위대한 인간이다. 하지만 어째서 그 둘이 존재하는지는 명확히 알려진 바가 없었다.

　신은 어째서 두 기사를 선택한 것인가. 알리시아는 그

답을 알게 되었다.

"성기사와 암흑기사는 신님이 혼돈을 무찌르기 위해 선택한 인간인 셈이구나……."

"그렇다. 일부에서는 신이 보낸 구세주라느니, 종교를 포교하기 위한 그럴싸한 도구라느니 말이 많다만, 이게 진실이다."

알리시아가 고개를 끄덕이자 세인은 이야기를 계속했다.

"이야기를 되돌리지. ……어렴풋이 깨달았겠지만, 너를 집어삼킨 그 검붉은 힘이 바로 혼돈이다. 그것은 봉인에서 벗어나기 위해 필사적으로 발버둥 치고 있어. ……원래, 혼돈은 사람들 앞에 함부로 모습을 보이지 않는다. 눈에 띄었다가는 기사들이 토벌하러 올 테니까. 놈들은 교활하고 겁이 많아. ……그래서 나도 방심하고 말았다. 설마 직접 습격할 줄은. 그만큼 놈들에게 미스 골드의 힘이 매력적이고, 경이로워 보였다는 뜻이겠지."

"그게 대체 무슨……."

그때, 알리시아의 말을 가로막듯 지진이 일어났다. 세인과 메리아는 익숙한 듯 발걸음을 멈추었지만, 알리시아는 살짝 휘청거렸다. 지진의 근원이 매우 가까웠다.

"방금 그건……?"

"이 미궁에 숨어 있던 혼돈의 본체가 우리를 눈치챈 모양이군. 도망갈 수 없다는 사실을 깨닫고 싸울 준비에 나선 거겠지."

다시금 걸음을 내디디며 세인이 말했다.

"지금부터 너를 세뇌한 원흉, 혼돈을 토벌하겠다."

세인의 선언에 알리시아는 약간 불안한 표정을 지었다. 세인은 가능한 한 부드럽게 그녀를 타일렀다.

"무리하지 않아도 괜찮아. 혼돈 토벌은 성기사의 의무지만 종자는 아니니까. 다만, 성기사의 종자가 된 이상, 앞으로는 이런 일을 자주 보게 될 거다. ……이번에는 지켜보는 것만으로도 충분하니 되도록 따라와 주길 바란다."

"바보 취급하지 마."

알리시아가 목소리에 힘을 담아 말했다.

"언제까지 미안해할 건데? 난 네게 불만 없어. 그리고 어차피 메리아도 함께 갈 거잖아? 그럼 나도 가겠어."

"……저는 성기사의 종자이기 이전에 세인 님의 종자니까요."

"나도 종자이기 이전에 너희들의 동료야."

알리시아의 망설임 없는 대답에 세인은 눈을 동그랗게 떴다. 그리고, 미소지었다.

"알겠다. ……달려가겠어. 놈들이 준비를 마칠 때까지 기다려 줄 이유는 없으니."

격렬한 심장박동은 계속 뛰어온 탓일까, 아니면 긴장감

때문일까. 아마도 둘 다일 것이라고 세인은 생각했다.

일행은 탐색이라 부르기 어려울 만큼 빠른 속도로 미궁을 가로질렀다. 달리는 속도 또한 떨어지지 않고 계속 유지되었다. 성기사의 힘이 혼돈의 위치를 정확히 감지하고 있었다.

"있잖아, 세인."

"뭐지?"

달리는 와중에 알리시아가 세인을 불렀다.

"나, 네 기억을 봤을 때, 네가 끌어안고 있는 각오부터 네가 잃어버린 것까지, 전부 머릿속에 흘러들어 왔거든? 그래서 말인데, 혹시 네가 암흑기사를 목표로 하는 이유가——."

"멋있기 때문이다!"

알리시아의 말을 자르듯 세인이 외쳤다.

"암흑기사가 멋있기 때문이다! 쿨하고, 불길하고, 누구도 범접할 수 없는 그 악마와도 같은 힘에 내 영혼이 이끌렸기 때문이다! 그 이외의 이유는 없다!"

숨 가쁜 목소리로 주장하는 세인. 그의 눈은 여전히 앞을 향하고 있었다.

알리시아는 입술을 깨문 다음 작은 목소리로 말했다.

"……알았어."

알리시아는 금방 추궁을 관두었다.

기억을 봤으니 그녀는 세인이 암흑기사가 되고자 하는 진짜 이유를 알고 있을 터였다. 그런데도 알리시아는 캐묻기를 관둔 것이다. 그녀의 배려에 세인은 내심 감사했다.

"앞에 있다."

짧은 한마디와 함께 세인이 다리를 멈추었다. 알리시아도 덩달아 자리에 멈춰 섰다.

　눈앞에 있는 거대한 공간에는 검붉은 마물들이 잔뜩 포진해 있었다. 알리시아와 메리아가 싸웠던 사족보행 짐승도 있는가 하면, 각기 다르게 생긴 두 날개로 날아다니는 새, 기다란 지느러미를 흔들며 공중을 헤엄치는 물고기까지. 알리시아가 보기에는 사경을 헤매게 했던 괴물이 수십 마리나 우글거리는 광경이었다. 그녀는 무심코 뒷걸음질치고 말았다.

"혼돈의 잔재는 형태나 성질을 통해 몇 가지로 분류할 수 있다. 저것은 '혼돈의 짐승'이라고 하지. 혼돈 중에서는 조무래기…… 최약체지."

"최약체라니……. 거짓말이지? 저거, 나랑 메리아가 싸웠던 녀석이잖아."

"최약체라 해도 평범한 마물보다 훨씬 강하다. 놈들은 혼돈의 산물인 마력이 아니라 혼돈 그 자체를 동력원으로 삼아 움직이고 있으니까."

　적을 담담히 설명하던 세인은 무방비하게도 대뜸 발걸

음을 내디뎠다. 짐승들이 일제히 세인을 돌아보았다. 하지만 세인은 걸음을 멈추지 않고 태연하게 앞으로 나아갔다.

"하지만 그래 봤자 짐승이다."

"자, 잠깐! 세인?!"

"이놈들은 지능이 모자라."

겁도 없이 적지로 향하려는 세인을 알리시아가 황급히 불러세웠다. 하지만 이미 늦었다. 짐승들의 포효가 울려 퍼졌다. 검붉은 괴물들이 일제히 세인을 향해 들이닥쳤다.

"메리아."

"두 번째 종자의 증표. 심 세이버즈."

가느다란 섬광과 동시에 짐승들이 썰려 나갔다. 땅을 딛는 짐승도, 하늘을 나는 짐승도 마찬가지였다.

"쳇…… 생각보다 안 낚였군."

"알리시아 님을 종자로 만들었으니 저쪽도 경계하고 있겠죠. 그래 봤자 한 솜씨 하는 인간 정도로밖에 생각하지 않는 눈치지만요."

"봉인구를 차고 있으면 이런 이점도 있는 건가. 생각지도 못한 수확이군."

짐승들이 서서히 물러섰지만, 의연하게 자리를 지키며 세인을 내려다보는 녀석들도 있었다.

세인은 멍하니 서 있는 알리시아를 뒤돌아보며 말했다.

"지금 메리아가 쓴 힘이 바로 성기사의 종자가 갖는 특권이다. 그리고 미스 골드, 그건 너도 마찬가지다."

"나도……?"

"그래. 마침 좋은 기회니 한번 시험해 봐라. ……말보다 직접 해보는 게 좋겠지."

넌지시 중얼거리는 세인. 그 중얼거림을 들은 메리아가 알리시아에게 속삭였다.

"알리시아 님, 그…… 마음의 준비를 하세요. 막 화끈, 하고 오는 게 있으니."

영문 모를 조언을 받은 알리시아는 고개를 갸웃했다.

세인은 알리시아의 눈동자를 똑바로 응시하고 있었다.

눈빛이 너무 진지하기에 알리시아는 살짝 당황했다.

"그럼, 간다. ……알리시아."

"히익?!"

세인이 이름을 부른 순간, 알리시아가 펄쩍 뛰며 새된 소리를 냈다. 알리시아는 얼굴을 새빨갛게 물들이며 가슴에 손을 얹었다. 몇 초 후, 제정신을 차린 그녀는 갑자기 분노에 찬 표정으로 성큼성큼 세인에게 다가갔다. 그리고는 양손으로 멱살을 붙잡았다.

"무슨 짓을 한 거야!"

"끄억?!"

세인의 머리가 앞뒤로 마구 흔들렸다.

세인은 두 손을 들어 "잠깐!"을 연신 외쳤지만, 알리시아는 듣는 척도 하지 않았다.

"지, 진정해…… . 우선 무슨 일이 일어났는지를 확인해
봐라…… ."

불그스레한 뺨 위의 눈동자가 세인을 의심하듯 가늘어
졌다. 양손에서 힘을 풀고 자신의 가슴께로 시선을 옮기는
알리시아. 그녀의 눈이 점차 휘둥그레지며 경악으로 물들
었다.

"이건…… ."

"종자가 된 자는 내가 이름을 부르면 특별한 힘을 발휘
할 수가 있지."

"뭐, 세인 님의 경우 그 힘이 좀 강력해서 탈이지만요.
상성이 좋으면 이름을 불리기만 해도 종자가 되어버리는
모양이에요."

"아…… . 그래서 항상 사람을 부를 때 별명으로…… ."

"어, 으음. 대충 그런 셈이지."

"사람을 이름으로 부르지 못해서 외로운 나머지 기르던
식물에 사람 이름을 붙이고 있다죠?"

"우와아아아아아악! 쓸데없는 소리는 하지 마!"

그때, 한 마리의 마물이 으르렁거리는 소리를 내며 달려
왔다. 앞다리가 세 개, 뒷다리가 두 개. 기묘한 몸을 가진
짐승은 거의 구르다시피 내달려 접근해 왔다.

"마침 딱 좋군. 네가 쓰러트려 봐라."

"쓰, 쓰러트리라니. 저건 빛이나 어둠의 마법밖에 통하지 않잖아…….."

"알리시아. 지금껏 빛의 마법을 써왔잖나."

세인의 말에 메리아가 눈을 동그랗게 떴다.

"너는 불의 마법이라 착각하고 있었던 모양이다만, 그건 전부 빛의 마법이었다. ……지금이라면 그 진가를 발휘할 수 있겠지. 자, 자신을 믿고 외치는 거다!"

우렁찬 소리와 함께 세인은 알리시아의 등을 떠밀었다.

억지라고 생각하면서도 알리시아는 자신의 손바닥을 바라보았다. 눈에 보이지는 않지만 어떠한 힘이 꿈틀거리고 있었다. 그것을 보고, 느끼고 있자니 마음속에서 자신감이 솟아올랐다. 자신감은 점차 투쟁심으로 변했고, 알리시아는 각오를 굳혔다.

알리시아의 눈에서 망설임이 사라졌다.

살벌한 송곳니를 드러내며 달려오는 짐승을 향해 알리시아는 가느다란 팔을 내밀었다. 짐승의 팔뚝에 비하면 나뭇가지나 다름없었지만, 세인은 느낄 수 있었다. 그 가느다란 팔에 거대한 힘이 흘러 들어가고 있음을.

짐승이 날카로운 발톱과 이빨로 알리시아를 찢어발기려 들었다.

그 순간, 빛의 파도가 터져 나와 공간을 가득 메웠다.

"일곱 번째 종자의 증표. 포트 토치!"

압도적인 광채가 사방으로 퍼져나갔다. 알리시아가 내민 팔을 기점으로 온통 새하얗게 물들었다.

알리시아의 손에는 어느샌가 한 자루의 흰 막대가 쥐어져 있었다. 손잡이 부분은 가늘었으며, 끝으로 갈수록 두꺼워졌다. 중심부에서 꼭대기는 곧은 선들이 아로새겨져 있었고, 막대의 윗부분은 왕관처럼 벌려져 있었다.

그것은…… 횃불이었다. 성스러운 빛을 발하는 횃불.

"이건……."

알리시아는 하얗게 물든 화염을 눈앞에 두고 말문이 막혔다.

막대 끝에서 뿜어져 나오는 불빛은 아직도 사그라들 기미가 보이지 않았다. 언제까지고 계속될 것만 같은 그 광경은 마치 빛이 실체를 가진 듯한 착각을 불러일으켰다.

"성화라는 거다."

넋을 놓고 있는 알리시아에게 세인이 말했다.

"빛의 마법 중에서도 아주 희귀한 힘이지. 그 힘의 진가는 다름 아닌 정화. 불결한 것들을 물리치는 힘이다. 정화는 강력한 힘이지만 알아차리기 어렵다. 정화대상이 없으면 아무런 일도 없으니 그럴 수밖에 없지. ……네 화염이 마물에게만 통하는 것도 그런 이유다. 마물은 혼돈이 만들어 낸 불결한 존재니까."

"자, 잠깐 기다려. 그럼 나는……."

"축하한다. 드디어 꿈이 이루어졌군."

세인은 마치 제 일이라도 되는 것처럼 환하게 웃으며 말했다.

알리시아는 자기 손에 든 횃불을 바라보았다. 한줄기의 눈물이 그녀의 뺨을 타고 흘러내렸다. 복받치는 감정 속에서 만면에 미소를 지어 보인 알리시아는 서둘러 손등으로 눈물을 닦았다.

"울고 있을 때가 아니지. 먼저 저놈들부터 처리해야 해."

지금껏 불안에 시달리던 알리시아가 자신감 넘치는 얼굴로 적을 주시했다.

그 모습에 안심한 세인도 혼돈의 짐승을 노려보았다.

"성화 앞에선 혼돈도 마찬가지다. 정화대상이지. 지금까지는 정체를 몰라 제힘을 내지 못했다만, 지금은 완전히 다른 마법이 되어 있을 테지."

"혹시 처음부터 내 힘이 뭔지 알고 있었어?"

"처음 의문을 느꼈던 건 알리시아가 내 외투를 만지고도 멀쩡했을 때였다. 그리고 최근 며칠간, 어찌 된 일인지 내 몸에 감아두었던 봉인구가 하나둘씩 망가져 갔지. 나는 그게 알리시아의 마법 때문임을 깨달았다. 마지막으로 네게 부탁해 빛의 마법을 직접 보고 나서 확신했다."

세인이 두르고 있던 봉인구는 빛의 힘을 억누르고 있던 물건이다. 즉, 어둠의 힘의 결정체였다. 빛의 계보인 성화는 어둠의 힘에도 유효했다.

"너는 모르고 있었겠지만, 내가 평소 달고 다니는 액세 서리들은 전부 빛의 힘을 억누르기 위한 봉인구다. 그리고 이 외투도 물론……."

짐승이 입에서 한 줄기의 불을 뿜었다.

직진해 오는 열선을, 세인은 외투를 가볍게 휘날리는 것 만으로 막아내 보였다.

"진짜다."

그때도 분명히 말했다. 이 외투의 안쪽에 사룡의 비늘을 대량으로 덧대어 놓았다고. 사룡의 비늘은 웬만한 공격은 튕겨낼 수 있다. 세뇌당한 알리시아의 공격조차 이걸로 한 번 막아냈다.

아무나 건드려도 될 물건이 아니었다. 마음이 약한 자가 함부로 원념이 깃든 사룡의 비늘을 건들면 순식간에 정신 이 오염된다. 알리시아가 외투를 만질 수 있었던 것은 정 화의 힘을 품고 있었기 때문이다. 불결한 것들을 배제하는 그녀에게 정신 오염이 통할 리가 없었다.

단, 마음이 약해져 있을 때는 이야기가 달랐다. 혼돈도 바로 이곳을 파고들었다. 혼돈은 알리시아를 오염시키기 위해 먼저 환영을 보여주어 그녀의 정신을 뒤흔들었다.

마음이 흔들리지 않는다면, 자신의 근원을 안다면, 알리 시아에게 약점은 없다.

"가슴을 펴라. 나는 네 재능이 개화할 수 있도록 약간의 계기를 만들어 주었을 뿐이니까. 가만히 그 힘을 느껴 봐. 굉장히 익숙하지? 그건 틀림없는 네 힘이다."

알리시아의 힘은 정화. 그리고 그 힘의 형태는 성화. 즉, 불이었다.

성화의 힘을 다루는 방법은 불의 마법과 흡사했다. 당연히 숙련도도 불의 마법을 따랐다. 원해서 불의 마법을 익히진 않았을 거다. 진심으로 배웠던 적조차 없을지도 모른다. 하지만 줄곧 알리시아의 곁에서 함께해 왔던 파트너 같은 힘이었다.

"있잖아, 세인."

"뭐지?"

"고마워. 정말로."

알리시아가 부드럽게 미소지었다. 평소와 다른 분위기라 그럴까. 묘하게 다소곳해 보이는 그녀의 모습에 세인은 잠시 넋을 빼앗겼다.

"나도 네 힘이 되어 줄게. 앞으로도 줄곧 너와 함께 싸우겠어."

알리시아가 눈물을 머금고 말했다.

"싸움도 싸움이지만 이래저래 번거로운 일도 각오해야 할걸요? 다른 대륙을 오가는 경우도 많거니와, 혼돈이 잠복한 장소에 따라서는 변장이나 잠입을 해야 할 때도 있어요."

"충고 고마워. 역시 선배의 조언이라 그런지 하나하나 와닿는걸. 하지만 괜찮아. 허투루 오랜 세월 발버둥 쳐 왔던 게 아니니까. 그 정도로 흔들리지는 않아."

그렇게 말한 뒤, 알리시아는 횃불을 고쳐 잡았다.

"그럼 리드를 맡길게, 선배!"

"후배를 위해서라면 어쩔 수 없네요."

알리시아와 메리아가 달려나갔다. 숨지 않고 대담하게 짐승을 향해서 나아가는 알리시아. 반면에 메리아는 짐승들의 사각으로 몸을 숨겼다. 지금까지 반복해온 전투로 두 사람은 서로의 전투 스타일을 잘 알고 있었다.

날개가 달린 짐승이 다가오자 알리시아는 가뿐히 피하며 짐승들을 한꺼번에 없애버릴 수 있는 위치로 자리를 옮겼다.

메리아가 짐승들의 목을 차례차례 떨어트려 나갔다. 한 줄기 섬광이 눈앞을 긋고 지나갈 때마다 짐승들이 하나씩 쓰러져갔다. 마침내 기회가 오자 메리아는 알리시아를 돌아보았다.

"지금이에요."

"알겠어. ……먹고 떨어져라!"

불결한 것들을 물리치는 절대영역. 강렬한 성화의 빛이 한순간에 짐승들을 집어삼켰다. 알리시아가 움켜쥔 횃불을 중심으로 주변이 새하얗게 물들었다. 빛이 사라졌을 무렵,

짐승들 역시 사라져 보이지 않았다. 살 조각 한 점 굴러다니지 않았다.

"와……. 대단한 위력이네요."

위력만은 메리아를 웃돌고 있었다. 수련을 쌓아 힘에 적응하면 지금보다 민첩한 전투를 펼쳐나갈 수도 있을 것이다. 실로 듬직한 동료였다.

불현듯 비명에 가까운 짐승의 울음소리가 울려 퍼졌다. 땅 울림과 함께 벽과 천장에 검붉은 구멍이 생겼다. 구멍 안에서 다양한 짐승들이 쏟아져 나왔다.

"또 왔어요."

"바라던 바야. 흔적도 없이 소멸시켜 주겠어!"

짐승의 군세가 시야를 가득 메웠지만, 메리아와 알리시아는 주눅 들지 않고 응전했다. 듬직한 두 사람의 전투를 지켜보며 세인은 안도감을 느꼈다. 그리고 태연하게 걸어 나갔다.

한 개, 두 개. 전신에 부착하고 있던 은색의 액세서리를 풀었다. 그때마다 세인의 전신에서 보이지 않는 힘이 흘러넘쳤다. 세인을 덮치려던 짐승들이 돌연 겁이라도 먹은 것처럼 물러나기 시작했다. 종자들과 대치하고 있던 짐승들도 본능적으로 세인을 곁눈질했다.

"조무래기들로는 우리를 죽일 수 없다. 슬슬 직접 나오는 게 어때?"

세인이 말을 마치기가 무섭게 땅 울림이 일었다. 지면에서 간헐천처럼 검붉은 마력이 뿜어져 나왔다.

뿜어져 나온 검붉은 마력은 마치 혈관처럼 바닥에서 벽, 그리고 천장으로 뻗어 나갔다. 봉인구를 벗은 세인은 쿵, 하고 오른발로 바닥을 가볍게 두드렸다. 그러자 바닥을 타고 엄습해 오던 검붉은 마력의 흐름이 세인 일행을 피하듯 좌우로 분산되었다.

이윽고 검붉은 혈관이 돋아난 바닥과 벽과 천장이 굉음을 내며 융기했다.

흩어져 있던 혈관이 벽과 바닥째로 방 한가운데 모였다. 검붉은 혈관은 복잡하게 얽히기 시작했고, 끌려 나온 구조물들도 여기에 휘말려 부서졌다. 마치 공간 자체가 일그러지는 듯한 광경이었다. 바닥 밑에 파묻혀 있던 흙도, 천장에 매달려 있던 조명까지도 전부 집어삼키며 무언가로 변해갔다. 얼마 지나지 않아 끔찍한 생물이 탄생했다.

"혼돈의 화신. 이 미궁에 모습을 감추고 있던 혼돈들의 우두머리다."

검붉은 짐승들의 우두머리. 그것이 혼돈의 화신이다.

상반신에는 용처럼 엄니가 있고, 수염이 있고, 두 개의 팔이 있었으며, 세 개의 날개가 있었다. 하반신에는 식물의 뿌리처럼 생긴 다리가 맥박치고 있었다. 검붉은 진흙을 뚝뚝 떨어트리고 있는 그 생물은 질척거리는 불안정한 눈으로 세인을 노려보았다.

화신이 울부짖었다. 부글거리는 물소리가 섞인 그 날카로운 음색은 맹수의 포효라기보다는 사람의 비명에 가까웠다. 광기를 흩뿌리는 화신의 모습에 알리시아의 얼굴이 굳어졌다.

"두 사람은 아직 화신을 상대하기에 일러."

세인이 알리시아와 메리아를 향해 부드럽게 미소지었다.

"무섭다면 눈을 감아라. ……차마 누구한테 보여줄 만한 장면이 아니거든."

여기서부터는 빌린 힘, 다시 말해, 세인이 썩 좋아하지 않는 힘이 나설 차례다. 그 압도적인 힘은 남을 매료시키기에 모자람이 없었다. 설령 세인의 꿈을 이해하고 있는 인물이라 할지라도 무심코 그 빛에 심취해버리게 할 정도의 악마 같은 힘이다.

그래서 되도록 눈을 돌려주길 바랐다. 분수에 안 맞는 힘을 자랑하고 다니는 취미는 없었다.

하지만 세인의 소소한 허세는 알리시아에게 통하지 않았다.

"내가 세뇌당했을 때도 너는 내게서 눈을 돌리지 않았어. 이번에는 내 차례야. ……네가 그 힘에 취해서 길을 엇나가면 쥐어패서라도 원래대로 되돌려 줄게. 그러니 걱정하지 마. 지켜봐 줄 테니 마음 내키는 대로 화려하게 쓰러트려 버려."

심지가 곧은 여자다. 그 솔직한 태도에 마음이 씻겨나 갔다.

동시에 마음이 따스해지는 것을 느꼈다. 기분이 고양되었다.

이것이 동료다. 등을 떠밀어주는 소녀의 존재가 무척 믿음직스러웠다.

"어쩔 수 없지. 그럼 순식간에 끝내주마."

휘우웅. 억눌려 있던 힘이 해방되었다. 무색투명한 힘은 순식간에 황금빛으로 물들었다. 흘러넘친 마력이 거룩한 빛을 내며 세인의 전신을 뒤덮었다.

"성역."

세인이 영창을 입 밖에 낸 순간, 검은 외투가 순백의 망토로 돌변했다. 폭발적으로 기세가 증가한 황금색의 빛이 그의 등에 모여 십자가 문양이 되었다.

"여신의 가호가 담긴 검을 성검이라 부른다면. 성기사인 내가 거머쥔 검은 그 무엇이든 성검이라 할 수 있겠지."

머리카락에 발라놓은 염료가 벗겨지며 본래의 금발로 되돌아갔다.

허리에 차고 있던 검집이 어느샌가 새하얗게 물들어 있었다. 자루를 쥐고, 검집에서 뽑아낸 검은 번쩍이는 황금 빛으로 뒤덮여 있었다.

눈부신 광휘는 신의 총애. 등지고 있는 십자가는 정의의 상징.

그 모습은 그야말로…….

"……성기사."

알리시아가 중얼거렸다.

감당하기 힘든 빛을 눈앞에 두고 화신의 움직임이 멈추었다. 아니, 겁을 먹고 있었다. 세인의 정체를 뒤늦게야 깨달은 것이다. 그러나 이미 늦었다. 화신의 소멸은 이미 확정이었다.

"■■■■■……!"

화신이 일그러진 소리로 부르짖었다.

사방의 벽에 들러붙어 있던 검붉은 뿌리가 심장으로 피를 보내듯 힘차게 맥동했다. 화신의 상반신이 부풀어 오르고, 비대해진 턱에서는 날카로운 엄니가 삐져나왔다. 검붉은 진흙 범벅인 턱이 크게 벌어졌다. 화신은 세인에게 돌진했다.

화신의 검붉은 아가리가 세인의 시야 한가득 펼쳐졌다.

그런데도 세인은 흔들림 없이 앞만을 보고 있었다.

"가짜여, 잘 보도록 해라."

세인이 강력한 빛을 뿜어내며 화신을 향해 한 걸음 다가섰다.

검을 쥔 손바닥에 빛이 압축되었다. 눈을 뜰 수조차 없

을 정도로 격렬하고, 따스한 빛이 검에 깃들었다.

"이것이 바로 진정한 성검이다."

세인은 눈부시게 빛나는 황금빛 검을 화신에게 가볍게 휘둘렀다.

막대한 빛의 파도가 쏟아져 나갔다. 광휘의 격류는 혼돈의 화신을 눈 깜짝할 새 집어삼켜 소멸시켰다. 무한히 흘러 넘치는 빛은 만인에게 쏟아지는 신의 사랑을 보는 듯 했다.

끝이 보이지 않는 힘이었다. ……끝이 없을지도 모른다.

한계가 없다는 것은 굴레를 벗어난다는 것.

지금의 세인은 신이나 다름없는 존재였다.

"잘 지켜보고 있었나?"

화신이 허무하게 소멸하는 과정을 멍하니 지켜보고 있던 알리시아는 그 한마디에 정신을 차렸다.

"……응."

알리시아가 답했다.

신에 버금가는 존재. 암흑기사와 나란히 세계 최강이라 칭송받는 영웅. 나라의 왕보다도 강한 영향력을 가졌다는 성기사를 눈앞에 두고, 알리시아는 솔직한 감상을 전했다.

"너는 흑발이 더 어울리는 것 같아."

"나도 그렇게 생각한다."

세인은 웃으며 대답했다.

에필로그

미궁에서 학교로 귀환한 세인은 서둘러 머리를 검게 물들이고, 예비용 검은 외투를 걸친 뒤 곧장 교장실로 향했다.

현재는 메리아와 둘뿐이었다. 알리시아는 억지로 보건실에 보냈다. 성기사의 힘을 이용해 검붉은 기운으로부터 완전히 벗어나기는 했지만, 이번 탐색에서 가장 큰 부담을 겪은 것은 아무래도 알리시아였다. 만약을 위해서라도 한동안 요양을 취하라고 권해 두었다.

교장실에 도착한 세인은 교장 몰트 다틴스와 대화를 나누고 있었다.

"준성검?"

세인의 물음에 교장이 고개를 끄덕였다.

"준성검이란 여신의 가호를 인위적으로 재현한 무기일세. 여신의 가호를 받은 성검보다는 못하니 그렇게 부르고 있지. ……아무리 나라도 진짜 성검을 무방비하게 내버려 둘 정도로 노망이 나진 않았어. 미궁에 있는 건 준성검 뿐일세. 진짜가 없는 건 아니네만 그걸 미궁에 두진 않는다네."

교장과 대면한 세인은 제일 먼저 "미궁에 가짜 성검이 놓여 있었다"라는 점에 대한 설명을 요구했다. 알리시아가 발견한 검은 혼돈이 혼자서 만든 게 아니다. 원래 성검이었던 걸 혼돈이 오염시켜 변화한 물건이었다.

하지만 어지간한 일이 아니고서야 여신의 가호를 받은 성검이 혼돈에 오염될 리가 없었다. 그래서 교장에게 물어 봤더니 돌아온 대답이 준성검이었다.

"하, 하지만 도구학 수업에서는 성검이 미궁에 있다고 하던데……."

"흠. 뭐, 원래 성검이라는 단어는 정의가 몹시 애매하니까 말일세. 성검이라 하면 자네가 가지고 있는 여신님의 성검과 인간이 가호를 부여한 성검, 그리고 아까 말했듯 여신의 가호를 얼핏 재현한 준성검까지, 총 세 종류를 말하네."

"그, 그런 거였나……. 저, 전혀 몰랐어."

"허허허. 자네도 세상 물정에는 어두운 편이로군. 학교에 오길 잘했네. 열심히 공부해서 부족한 부분을 채워 나가게나."

으그극, 하고 분함을 드러내는 세인. 성기사로 활동할 당시 세인의 곁에는 비시테리아교의 신자가 잔뜩 따라다니고 있었다. 그들이 일컫는 성검이란 세인에게 허락된 여신의 성검 단 한 자루뿐이었다. 그래서 세인도 그것만을 성검이라 부른다고 철석같이 믿고 있었다. 교장의 말대로 자신의 얕은 식견을 통감했다.

"그런데 준성검이라는 점이 오히려 화근이 되다니……."

교장이 진지한 표정을 짓자 세인도 고개를 끄덕였다.

"어중간한 성검은 오히려 혼돈을 불러들이는 꼴이다. 진짜 성검과 마검이라면 오염될 일도 없었을 테지. 앞으로 주의해 줘."

"알았네. 미궁에 다른 검들도 빨리 회수하도록 하겠네."

유능한 인재를 배출하기로 유명한 제니퍼 왕립학교의 교장들이 무능할 리 없었다. 현 교장 몰트도 예외가 아니었고, 교장 자리에 앉기 전에는 탁월한 실력의 마법사로 널리 알려져 있었다. 혼돈의 존재 또한 모르지 않았다.

"한 가지, 마음에 걸리는 점이 있다."

"뭔가?"

"우리가 혼돈의 기척을 감지한 곳은 미궁, 그리고 미궁 전이문이었다."

세인의 말에 교장은 눈꼬리를 치켜들었다.

"엄밀히 말하자면 미궁 전이문에서 느낀 것은 기척이 아니라 흔적이다. 미궁에 있던 혼돈은 누군가가 미궁 전이문을 이용해 직접 심어 넣었을 가능성이 커."

"그 말인즉…… 혼돈을 편드는 누군가가 우리 학교에 있다는 뜻인가?"

"그래. 지금도 있는지는 모르겠다만, 적어도 과거에 있었던 것은 분명하다."

미궁 전이문은 학교 안에 있다. 학교를 뒤덮는 결계는

학교 관계자밖에 드나들 수 없고, 따라서 미궁 전이문을 이용하는 자는 학교 관계자뿐이다.

"자네가 정체를 밝히고 싶지 않다는 것은 이해하고 있네. 그래도 가능하다면……."

"걱정하지 마라. 더는 남 일도 아니니까. 이번 건에 관해서는 나도 조사해 볼 생각이다."

"……미안하네, 부탁하지. 오행의 계보인 내게 혼돈은 살짝 벅찬 상대거든."

"어렵게 시작한 학교생활을 건드리다니, 기분이 나쁜 건 이쪽도 마찬가지다. ……최악의 경우 다른 지역에 있는 종자를 부르게 될지도 모르니 그때는 잘 부탁하지."

"허허, 맡겨 주게나. ……헌데, 이건 조금 다른 이야기네만. 결국, 자네는 무슨 목적으로 미궁에 들어간 건가?"

교장의 물음에 세인은 불손한 미소를 지으며 대답했다.

"어리석은 질문이로군. 물론, 암흑기사의 상징이라 할 수 있는 마검을 손에 넣기 위해서다!"

"인간이 만든 성검에도 흥미가 있다 하지 않았나?"

"인간이 만든 성검이라면 마검으로 개조할 수 있다고 들었다."

"과연, 그런 거였군. ……그런데 자네, 마검을 사용할 수는 있는가?"

"……응?"

교장의 질문에 세인이 얼빠진 소리를 냈다.

"성기사인 자네에게는 어둠과 정반대인 힘이 깃들어 있
잖나. 아무리 봉인구를 장비하고 있다 한들, 자네가 마검
을 만지면 어둠의 힘이 정화되어 평범한 검으로 되돌아가
버릴 텐데."

"뭣?! 무, 무무, 무슨 소리지?! 그렇게 되는 건가?!"

"봉인구도 만능은 아닐세. 평소에는 자네의 힘을 억제할
수 있을지 몰라도 반사적으로 흘러나오는 힘까지 억누를
수는 없어. ……이미 역대 성기사들이 시험해 봤다고 알고
있네만."

"그런…… 그런 말도 안 되는……."

세인의 사고가 완전히 정지해 버렸다. 털썩 무너지며 바
닥에 손을 짚는 세인에게 교장은 동정의 눈길을 보냈다.

"기, 기운 내게. 자네의 학교생활은 이제 막 시작되지 않
았는가. 앞으로 분발하다 보면 좋은 결과가 있을 걸세."

교장이 달래듯이 말했지만, 세인은 대답할 기력조차 없
었다.

"……지금부터 어떻게 하실 건가요?"

교장실을 나온 뒤, 비틀거리며 복도를 걷고 있는 세인에
게 메리아가 물었다.

"……혹시 모르니 미스 골드의 모습을 보러 가자."

"알겠습니다."

주인의 의향을 확인한 메리아가 고개를 끄덕였다. 그러고는 세인의 옆모습을 바라보며 말했다.

"너무 주눅 들지 마세요. 어차피 매번 겪는 일이잖아요."

"……여전히 가차 없구나, 너는."

매번 겪는 일. 그랬다. 매번 겪는 일이었다.

성기사인 세인이 그렇게 간단히 정반대의 존재인 암흑기사가 될 수 있을 리가 없었다. 지금까지 수많을 가능성을 발견하고, 그때마다 배신을 당했다. 자신도 알리시아와 다를 바 없었다. 몇 번이고, 몇 번이고 벽에 부딪히며 꿈과의 거리를 통감해 왔다.

"그렇군. 이 정도로 주눅 들어 있을 수는 없지."

다시 새로운 방법을 찾아내면 될 뿐이다. 아무리 실패하더라도 계속 도전할 수만 있다면 언젠가 반드시 꿈에 도달하리라. 세인은 그렇게 믿었다.

두 뺨을 강하게 때려 다시금 기합을 넣었다.

그렇게 메리아와 함께 보건실로 향하게 된 세인. 문을 열자 의약품 냄새가 코끝을 자극했다. 잠시 자리를 비웠는지 보건의의 모습은 보이지 않았다.

"세인?"

나란히 늘어선 세 침대 중앙에 알리시아가 앉아있었다. 열린 창문으로 따뜻한 바람이 불어 들어와 그 금실을 뭉쳐

놓은 듯한 머리카락을 살포시 흔들었다.

세인은 침대 옆에 놓여 있던 의자에 걸터앉으며 말했다.

"몸은 좀 괜찮나?"

"응. 딱히 아무 데도 이상 없다네. 금방 복귀할 수 있을 것 같아."

"개인적으로는 한동안 요양하기를 권하고 싶다만."

"심심해서 죽을걸."

허세를 부리는 것은 아닌 듯했다. 평소처럼 활기차게 웃고 있는 알리시아를 보며 세인은 안도했다. 파란만장했던 미궁 탐색을 마치고 무사히 일상으로 복귀할 수 있었던 것은 감사해 마지않을 일이다. 다행히 육체적인 고통도, 정신적인 고통 쪽도 진작에 고비를 넘겼다.

분명 세 사람 모두 서로가 무사하다는 사실에 안도하고 있으리라. 애써 말로 표현하지 않아도 다들 공감할 수 있었다. 알리시아의 부드러운 미소에 세인의 표정도 누그러졌다.

한동안 편안한 침묵이 이어졌다.

"있잖아, 세인. 한 가지 묻고 싶은 게 있는데."

알리시아가 창밖으로 향하고 있던 시선을 세인에게 옮기며 조심스레 입을 열었다.

"나는, 저기, 앞으로 네게 존댓말을 써야 할까?"

알리시아의 질문에 세인은 벌레를 씹은 듯한 표정이 되

었다.

무슨 말인지는 알아들었다. 원래 성기사란 많은 이들의 동경의 대상이다. 특히 빛의 일족에게 있어서는 이상적인 목표 그 자체라고 해도 과언이 아니다.

"굳이 그럴 필요 없다."

세인이 한숨 섞인 목소리로 말했다.

"사람들에게 의심을 살 우려도 물론 있지만, 그 이전에 나는 암흑기사가 될 몸이다. 성기사의 힘으로 얻은 영광 따위는 필요 없어. ……그러니 부탁한다. 지금까지처럼 평범하게 대해 줬으면 좋겠어."

알리시아라면 알아줄 터였다. 그녀 역시 불의 마법을 칭찬받아 봤자 조금도 기쁘지 않을 테니까. 세인은 그 어느 때보다 진지한 얼굴로, 농담조라고는 찾아볼 수 없는 목소리로 마음속의 약한 본심을 드러냈다.

순간 알리시아의 얼굴에 환한 미소가 피어나려 했지만, 그녀는 곧 표정을 추스르며 침대 시트로 시선을 떨구었다. 그리고 나지막이 중얼거렸다.

"……지금까지처럼 대할 수 있을 리가 없잖아."

알리시아의 입술이 머뭇머뭇 움직였다. 시트를 천천히 움켜쥐는 그 동작은 마치 용기를 쥐어짜 내려는 것처럼 보였다.

"그만큼 멋진 모습을 보여줘 놓고. 그만큼 내 마음을 흔들어 놓고. ……심지어 자기 흔적까지 새겨 놓고……. 어떻게 예전처럼 대하란 거야."

긴장감과 기쁨이 뒤섞인, 묘하게 상기된 목소리로 알리시아가 말했다.

침대에 두 손을 짚고 상반신을 일으킨 알리시아는 그 새빨갛게 물든 얼굴을 세인에게 가져갔다. 세인의 볼에 부드러운 감촉이 닿았다. 달콤한 향기와 함께 시야를 가득 메우는 알리시아의 불그스름한 얼굴. 지금, 무슨 일이 일어난 것인가. 머리가 따라가질 못하는 세인을 향해 그녀는 태양처럼 밝게 웃으며 말했다.

"책임져야 해."

그러고는 수줍은 듯 미소짓는 알리시아.

세인은 멍하니 입을 벌린 채로 굳어 버렸다.

후기

10%. 이것은 결코 무시할 수 없는 수치입니다.

소비세를 생각하셨나요? 땡, 틀렸습니다.

이것은 책을 사기 전에 후기를 읽는 사람들의 비율입니다. 즉, 서점에 방문한 손님 중 1할이 후기의 내용을 보고 책을 살지 말지를 판단한다는 뜻입니다.

큰일 날 뻔했습니다.

설마 후기가 그렇게 중요한 것일 줄이야.

이 이야기를 해 준 것은 제 친구입니다. 그 친구 덕분에 지금 진지하게 후기라는 것과 마주하고 있습니다. 만약 위의 이야기를 듣지 못했더라면 이 책의 후기는 다섯 줄 정도로 요약되고 말았을 테지요.

농담입니다. 처음부터 진지하게 쓸 예정이었습니다. 앞서 말한 친구는 가공의 인물입니다.

그럼, 처음 뵙겠습니다. 사카이시 유사쿠라고 합니다.

본 작품은 제12회 HJ문고대상 금상을 받은 작품입니다. "최근 시작부터 주인공이 최강인 작품이 많구나"라는 대략적인 분석과 "그래도 주인공은 자만하지 않고 항상 전력으로 노력했으면 좋겠어"라는 개인적 취향이 겹쳐 "주인공은 최강이지만 자신의 힘에 안주하지 않고 노력한다"라는 이번 작품이 탄생하게 되었습니다. 이 이상은 스포일러가 되어버리므로 10%에 해당하시는 분은 부디 본편을 읽어 주시기 바랍니다.

본 작품은 수상이 결정된 뒤로도 담당 편집자 분과의 검수를 통해 퀄리티 향상에 힘썼습니다. 의견을 나눌 때마다 드는 생각입니다만, 소설가라는 직업은 정말로 즐거운 것 같습니다. 대학 시절 작가를 희망하며 묵묵히 소설을 써나간 보람이 있군요.

일이 너무 즐거운 탓일까요. 최근 환청을 들었습니다.

그것은 잠에서 깨어나 양이 많기로 소문난 모 라면(곱빼기)을 먹으러 갔던 어느 날의 일이었습니다. 저는 굵고 쫄깃한 면을 후루룩 삼키며 "이것만 다 먹고 집에 돌아가서 일해야지"라고 생각했지요. 하지만 집으로 돌아오자 갑자기 속이 안 좋아지기 시작했습니다. 마감이 코앞이던 저는 복통과 싸우며 일을 하는 처지에 놓이고 말았습니다.

몽롱한 의식 속에서 일하는데, 어느샌가 저는 누군가와 대화를 나누고 있었습니다.

"배는 좀 괜찮으신가요?"

"안 좋아요. 살려줘요……. 동기 좋다는 게 뭔가요. 도와주세요……."

"그래도 거의 막바지잖아요? 앞으로 조금만 더 하면 되니까 마지막까지 힘내세요. 대신이라고 하기에는 뭣하지만,

다음에 같이 한 잔 어때요? 저번처럼 동기들 다 모아서요."

"아, 그거 좋네요. 의욕이 샘솟는걸요."

금방 정신을 차렸습니다. 내가 지금 누구랑 대화한 거지?

저자 프로필에도 기재되어 있습니다만, 본 작품은 제12회 HJ문고대상 유일한 수상작입니다. 즉, 이번 대회 수상자는 저 혼자. 동기는 존재하지 않습니다.

상상 속의 친구가 아니라 상상 속의 동기로군요.

아마 작업 중간중간에 보고 있던 트위터가 영향을 끼쳤을 테지요. 잘 기억은 나지 않지만, 어느 분이 동기와 관련된 트윗을 올리셨던 것일지도 모릅니다.

이 이야기를 친구에게 털어놓았더니 성대하게 웃더군요.

물론, 이 친구는 가공의 인물이 아닙니다. ……그렇게 믿고 있습니다.

〈감사의 말〉

본 작품을 집필하는 데 있어 편집부, 교정 담당자 등 관계자분들께 많은 도움을 받았습니다. 또한, 담당 편집자분께는 작품뿐만이 아니라, 작가 업무에 대해서도 여러모로 가르침을 받아서 어떻게 감사의 말씀을 드려야 할지 모르겠습니다. 헤이로 님, 세인 일행의 생동감 있는 모습을 그려 주셔서 고맙습니다. 마지막으로 이 책을 읽어 주신 모든 분께도 최대한의 감사를 표합니다.

SEINARU KISHINO ANKOKUDO 1
©Yusaku Sakaishi
Originally published in Japan in 2019 by HOBBY JAPAN CO., Ltd.
Korean translation rights ©2020 by Somy Media, Inc.

성스러운 기사의 암흑도 1

2020년 3월 8일 1판 1쇄 인쇄
2020년 3월 15일 1판 1쇄 발행

저　　　자	사카이시 유사쿠
일 러 스 트	헤이로
옮 긴 이	마일도
발 행 인	유재옥
본 부 장	조병권
담당편집자	조찬희
편 집 1 팀	김민지 정영길 조찬희
편 집 2 팀	김다솜 이본느
편 집 3 팀	김효연 박상섭 오준영 임미나
라이츠담당	김슬비 한주원
디 지 털	박지혜 이성호 전준호
발 행 처	㈜소미미디어
인쇄제작처	코리아피엔피
등　　　록	제2015-000008호
주　　　소	서울시 마포구 토정로222, 403호 (신수동, 한국출판콘텐츠센터)
판　　　매	㈜소미미디어
마 케 팅	한민지
전　　　화	편집부 (070)4164-3962, 3963 기획실 (02)567-3388
	판매 및 마케팅 (070)4165-6888, Fax (02)322-7665

ISBN 979-11-6507-498-2 04830
ISBN 979-11-6507-497-5 (세트)